Hermann Sudermann

Die Ehre

Schauspiel in vier Akten

Hermann Sudermann

Die Ehre
Schauspiel in vier Akten

ISBN/EAN: 9783743645523

Hergestellt in Europa, USA, Kanada, Australien, Japan

Cover: Foto ©Andreas Hilbeck / pixelio.de

Weitere Bücher finden Sie auf **www.hansebooks.com**

Die Ehre.

Schauspiel in vier Akten

von

Hermann Sudermann.

Zwölfte Auflage.

Stuttgart 1894.
Verlag der J. G. Cotta'schen Buchhandlung
Nachfolger.

Druck der Union Deutsche Verlagsgesellschaft in Stuttgart.

Personen.

Kommerzienrat Mühlingk.

Amalie, seine Frau.

Kurt,
Lenore, } deren Kinder.

Lothar Brandt.

Hugo Stengel.

Graf von Trast-Saarberg.

Robert Heinecke.

Der alte Heinecke.

Seine Frau.

Auguste,
Alma, } deren Töchter.

Michalski, Tischler, Augustens Mann.

Frau Hebenstreit, Gärtnersfrau,
Wilhelm, Diener, } bei Mühlingk.
Johann, Kutscher,

Der indische Diener des Grafen Trast.

Die Handlung spielt auf dem in Charlottenburg gelegenen Fabrik-Etablissement Mühlingks.

Erster Akt.

(Zimmer in der Wohnung Heineckes. — Kleinbürgerliche, stark verschliffene Ausstattung, mit welcher etliche Prunkstücke: zwei seidene Sessel, anfangs in graue Ueberzüge gehüllt, und ein großer, goldener Trumeau kontrastieren. — Brüchiger Hausrat auf Kommode und Wandbrettern. — Rechts [vom Publikum aus] ein Sofatisch mit Kaffeezeug darauf, links ein langer, roher Arbeitstisch mit Kleistertopf, Pappbogen und einem Stapel fertiger Kartons daneben. Ein Arbeitsschemel.)

Erste Scene.

Frau Hebenstreit (und) Frau Heinecke.

Frau Heinecke
(ist eifrig beschäftigt, die Stube zu säubern).

Frau Hebenstreit (durch die Thür rechts).
Es is also wahr? — Ihr Sohn ist da? —

Frau Heinecke.
Pst! Pst! — Um Gottes willen! — Er schläft! —

Frau Hebenstreit.
Dort in Alma'n ihre Kammer?

Frau Heinecke.
Ja doch! — Ick weeß nicht mehr, wat ick thu'. — Mir ist janz wirblig vor lauter Freuden. (Läßt sich in den Schemel fallen.)

Frau Hebenstreit.
Weiß man's schon drüben ins Vorderhaus?

Frau Heinecke.

Er hat sich anmelden müssen, weil es doch die Herr=
schaft ist, und heute wird er eine Visite machen.

Frau Hebenstreit.

Wie lange ist er eigentlich weg gewesen?

Frau Heinecke.

Sieben — acht — neun ein halb Jahr. — So lang'
hab' ich mein Kind nicht gesehen. (Weint.)

Frau Hebenstreit.

Und haben Sie ihn gleich wieder erkannt?

Frau Heinecke.

I, wo werd' ick denn! Jestern abend gegen Uhre
achte . . . Heinecke ist übern Lokalanzeiger eingeduselt,
und ick sitz' nu da und näh' für Alma'n 'nen Spitzen=
saum an'n Unterrock, denn wat das Mächen für Weiß=
zeug braucht! . . . kurz — da kloppt's, und ein Mann
kommt 'rein — was sag' ich, ein Herr, ein feiner Herr
in einem teuren Biberpelz — da hängt er — fassen Sie
mal den Biber an — ick denk', es is einer von Alma'n
ihre vornehmen Bekanntschaften, dem jungen Herrn Kurt
seine Herren Freunde — —

Frau Hebenstreit (lauernd).

So, so. — —

Frau Heinecke.

— Denn die sind jar nich stolz und kommen sich
nicht zu schad' vor, 'mal bei uns arme Leute ins Hinter=
haus vorzusprechen. — Also das denk' ich mir, da hat
er auch schon Rock und Hut an die Erde geworfen —
einen pikfeinen Cylinder einfach an die Erde — und is
dicht vor mir uf die Knie gefallen. — Ick denke, mir
rührt der Schlag, aber wie er nu ruft: Mutter, Vater,

erkennt ihr mich nicht? ... ich bin's, Robert, euer Sohn
Robert ... ach, Frau Hebenstreit, es war zu schön. —
Wie ich das überleben werd'! ... (Weint.)

Frau Hebenstreit.

Ruhig Blut, Frau Nachbarin. Die Freud' wird sich
schon legen. Jede Katze hat'n Kopp und'n Schwanz,
und der Katzenschwanz ist mehrschtenbeels voll Zist.

Frau Heinecke.

Wie können Sie so wat sagen? Mein Sohn ist ein
juter Sohn und ein nobler Sohn.

Frau Hebenstreit.

Zu nobel, Frau Heinecken! Wenn einer in so ville
Herrenländer gewesen ist und auf lauter Sammet und
Seide gelegen hat —

Frau Heinecke (auf die Seissel weisend).

Kann er auch bei uns, Frau Hebenstreit.

Frau Hebenstreit (mit einer Grimasse).

Na, na. Ob er wird wollen!

Frau Heinecke.

Wird wollen, Frau Hebenstreit! Was ein Mutter-
herz is, kennt keenen Rang und keenen Stand. — Und
Jeses — ich steh' hier! Und — wo mein Heinecke nur
steckt? — Haben Sie Heinecken nicht gesehen? — Wenn
der das Humpeln kriegt mit seinen lahmen Bein!

Frau Hebenstreit.

Der stand vorhin mit 'nen riesenjroßen Plakat bei
drei Jrad Kälte in'n schönsten Morgensonnenschein, zum
Trocknen, sagt er.

Frau Heinecke.

Lassen Sie dem ollen Mann sein Vergnügen. Die
halbe Nacht hat er an des Dings 'rumgekleistert. Haben

ja doch nich schlafen können — alle beid'. Denn so'ne
Freude —

Zweite Scene.

Die Vorigen. Heinecke.

Heinecke
(hinkend, mit steifem Arm, trägt ein sehr großes Plakat vor sich her).

Hurra. — Nu is der Kitt —

Frau Heinecke.
Biste stille!

Heinecke (gedämpft).
„Willkommen, teurer Sohn, im Vaterhause." Fein —
was? —

Frau Hebenstreit.
Die reene Schützenscheibe!

Heinecke.
Und's brave Vaterherz ist Centrum. — Sie olle —

Frau Heinecke.
Zieh dir die Hälschenstrippe 'runter. Sie wissen ja,
wie er is, Frau Nachbarin.

Heinecke
(klettert mit Hammer und Nägeln auf einen Stuhl, um das Plakat
an der Wand zu befestigen).

Frau Hebenstreit.
Wo hat Ihr Sohn die Bildung und so das Feine
eigentlich her? Aus dem seine Familie doch nich?

Frau Heinecke.
Und aus meine erst recht nich. Aber das sind nun
so an die siebzehn Jahre — da bekam der aus dem Vorder=
hause, was unser Brotherr war, die Kommerzienrats=

titelatur. — Und darum gab's 'ne große Festivität und Eklipagen und Illemination und dergleichen und Freibier für's janze Fabrikpersonal. — Nu mag mein Mann wohl'n bisken angebubelt gewesen sind — und warum auch nich? — Vater, kloppe nich! — wenn's nischt kost't? — kurz, wie die Eklipagen gerad' im Abfahren sind, gerät er unter die Räder und bricht Arm und Bein.

Heinecke (vom Stuhl her).

Meinste mir? Jawoll! Das war keine Kleinigkeit! (Pfeift.)

Frau Heinecke.

Pfeife nicht. Das hören nu die Herrschaften uf den Balkohn und lassen sich erkunbigen nach Familienverhält=nisse und so dergleichen, und weil's Herz voll war von den neuen Titel, war die Hand ooch offen, und sie ver=sprachen, für uns zu sorgen und unsern Aeltesten auf eigne Kosten erziehn zu lassen.

Frau Hebenstreit.

Und das haben sie gehalten?

Heinecke.

Ha, Bande! (Arbeitet weiter.)

Frau Heinecke.

Wie man's nehmen will. Uns loschierten sie hier ins Hinterhaus ein, wo wir ja — Jott sei Dank — noch sitzen, und den Robert schickten sie in die Erziehungs=anstalt, wo er sich das Pli und so die Bildung anlernen that. Und wenn er in den Ferien zu Hause kam, wurde er nach das Vorderhaus geladen zu Schokelade und Schlag=sahne und überhaupt als Spielkamerad von's kleine jnädge Fräulein, denn der junge Herr Kurt sog damals noch an'n Jummiproppen.

Frau Hebenstreit.

Der war wohl überhaupt mehr vor die Alma? —

Frau Heinecke (gedämpft).

Was wollen Sie damit . . .?

Frau Hebenstreit.

Ick meene man so.

Frau Heinecke.

Und späterhin schickten sie ihn nach Hamburg in die
Lehre — fürs ausländische Geschäft, wissen Sie — und
als er neunzehn Jahre war, jing's auf die Reise gleich bis
ins hinterste Indien rin, wo 'ne janz barbarische Hitze soll
sind. Da hat der Kommerzienrat einen Brudersohn zu
sitzen, der ist da, um Kaffee und Thee inzusammeln.

Heinecke.

Das wächst da so 'rum, wie bei uns die Butter-
blumen — (steigt herab). — — Fein — was?

Frau Heinecke.

Dem sollt' er 'n bisken zur Hand jehn. Und Jesus —
nu is er wieder da — und ick steh' und —

Frau Hebenstreit.

Ick geh' schon! Adjes! Adjes! Und denken Sie ans
Jift in'n Ratzenschwanz. (Beiseite.) Nette Package! (Ab.)

Dritte Scene.

Heinecke. Frau Heinecke.

Heinecke.

Selbst 'n oller Jiftpilz! —

Frau Heinecke.

Der Neid, Vater, der Neid! —

Heinecke.

Deibel, wo hast du den Nappkuchen her?

Frau Heinecke.

Die Köchin hat ihn gebracht mit 'n Jruß von's jnädige Fräulein.

Heinecke (sich abwendend).

Was aus dem Vorderhause kommt, interessiert mich nicht. Der Herr Sohn könnten nu übrigens ausgeschlafen haben. In de Fabrik werden sie gleich zum zweiten Frühstück pfeifen. (Liebäugelt mit dem Plakat.) Willkommen, teurer — —

Frau Heinecke (ausbrechend).

Vater, er ist da!

Heinecke.

Wer?

Frau Heinecke.

Der Junge.

Heinecke (zeigt auf das Plakat).

Wissen wir schon!

Frau Heinecke.

Pst! Es hat sich was gerührt — (lauscht). Wahrhaftig, er zieht sich schon die Stiebeln an! Wenn ich denke, dahinter steht er und zieht sich die Stiebeln an, und durch diese Türe wird er gleich 'rinkommen — —

Heinecke.

Dann sag' ich nichts weiter als: Willkommen, teurer — hast du ihm ooch von Alma'n ihre seine französische Seise uf 'n Waschtisch gelegt?

Frau Heinecke.

Und wie oft hab' ick hier gesessen und gedacht: ob er auch sein jutes Bette hat? Und ob die Wilden ihm noch nicht ufgefressen haben. Und nu is er mit einmal

da, Vater, und wir haben ihn, Vater, — Vater, laß die
Rosinen stecken!

Heinecke.

Sieh mal da. — Wenn es mir paßt! —

Frau Heinecke.

Still! ... Er kommt! ... Die Strippe ist dir wieder
vorgekrochen ... Man muß sich ja schämen ... (Streicht
die Schoner der Sessel zurück.) Jeses, wie is mir angst ...

Vierte Scene.

Robert. Heinecke. Frau Heinecke.

Robert
(den Eltern entgegenstürzend, die steif und verlegen dastehen).

Guten Morgen, Vater ... Guten Morgen, Mutter!
(Umarmt die Mutter und küßt ihr wiederholt die Hand.) Ich bin
— ganz — unmenschlich — glücklich!

Heinecke.

„Willkommen, teurer“ — (da Robert sich auf seine Hand
niederbeugt, wischt er sie rasch an den Beinkleidern ab). Du willst
mir ooch die Hand küssen?

Robert.

Gewiß will ich das, wenn du sie mir gibst ...

Heinecke (reicht sie ihm dar).

Da sieht man, was ein juter Sohn is ...

Robert (sich umschauend).

Da wär’ man also! ... Ich weiß noch gar nicht:
Ist es denn möglich? ... Am Ende träum’ ich wieder
mal bloß. Das wär ’ne schlimme Geschichte! ... Ach —
und das Heimweh! — Herr des Himmels, das Heim=
weh! ... Denkt euch mal, da sitzt man zur Nachtzeit in

einem Winkel, und alles, was man verlassen hat, steht
lebendig um einen 'rum, Mutter, Vater — der Hof, der
Garten, die Fabrik — und mit einemmal sieht man einen
langen, langen Palmenwedel über sich schwanken oder aus
der Ferne kreischt ein Papagei, und man kommt zu sich
und weiß, man sitzt einsam am andern Ende der Welt ...
Brr!

Heinecke.

Popejei? ... Das muß doch sehr hübsch sind? ...
Das können bei uns bloß die reichen Leute haben.

Robert.

Ja, und wenn ihr wüßtet, was ich für Angst aus=
gestanden hab' die letzten Jahre hindurch und noch jetzt
auf der Heimreise, daß ich alles so finden würde, wie ich
es mir in meiner Sehnsucht ausgemalt hab'!

Heinecke.

Warum denn nich?

Robert.

Da war einer — ah, sonst ein lieber Freund, mein
liebster Freund, müßt ihr wissen — der versuchte meine
Erwartung herabzustimmen. — Du bist fremd geworden,
hat er gesagt, und man soll nicht leimen wollen, was Zeit
und Schicksal längst zerbrochen haben — und weiß Gott,
was sonst noch. — Da hab' ich wirklich beinahe Angst
bekommen vor ihm und euch und mir auch ... Na,
Gott sei Dank, auch die Sorge ist von einem genommen.
Alles und alles hat sich erfüllt. — Das ist wirklich und
wahrhaftig, was ich mir zehn Jahre lang ausgemalt
hab'! ... Da ist Vater — da ist Mutter — lieb und
schlicht und — — (zärtlich) ein bißchen klapprig gewor=
ben — na ja! ... (Sich reckend.) Aber wozu sind denn
diese zwei jungen Arme auf der Welt? Paßt auf! ...
Die haben das Goldmachen gelernt ... und die Schwestern
werden auch bald da sein! ... Sieh — und hier steht

Vaters alter Kleistertopf — ach je . . . (Streichelt den Topf.) Und mein Einsegnungszeugnis — eingerahmt. — Und die Dampfmaschine daneben macht auch immer noch ihren lieben Skandal. —

Frau Heinecke.

Hast wohl keen Ooge zugemacht von wegen die olle Maschine . . . die bumst ooch die janze Nacht hindurch . . .

Robert.

Ein schöneres Wiegenlied, Mutter, hat mich noch nie in den Schlaf gesungen. Ich war schon halb hinüber, da sagt' ich mir noch immer: Fauche 'nur, stampfe nur, altes Tier. Immer fleißig. Aber wenn du dich noch so anstrengst, fleißiger als ich, der ich hier liege, kannst du am Glanze des Hauses Mühlingk auch nicht schaffen. Denn hier ist ein Hebel, mit dem man rechnen muß. — Ist das nicht ein·stolzer Gedanke? . . . Und da ist das Herz mir weit geworden für unsere Wohlthäter. —

Heinecke.

Hm!

Robert.

Du sagtest, Vater?

Heinecke.

Ick? nischt!

Robert.

Und ich hab' mir zugeschworen, nicht zu erschlaffen in ihrem Dienste bis zu meinem letzten Atemzug.

Heinecke.

Ick denke, du hättst nu gerade genug für die gethan.

Frau Heinecke.

Geschunden und abgerackert hast du dich zehn Jahre lang.

Robert.

Es war nicht so schlimm, Mutter. Aber nun sprechen wir lieber nicht mehr in diesem Ton! ... Das Mühlingksche Haus hat mir jeden Tag aufs neue Ursach' zur Dankbarkeit gegeben. Die Briefe waren beinahe freundschaftlich zu nennen, die der Kommerzienrat und vor allem Kurt, der ja jetzt Mitinhaber ist, an mich richteten.

Heinecke.

Kurt — Alabonheur, das is ein nobler Junge. Aber im übrigen wird's auch hier heißen: der Mohr hat seine Schuldigkeit gethan, wie der Berliner sagt ... Lehr mich die Bande kennen!

Robert
(verschluckt eine Erwiderung und wendet sich stirnrunzelnd hinweg).

Heinecke.

Ja, Robertchen, sieh dich nur um! Siehste nischt? Er sieht nischt, Mutter! —

Frau Heinecke.
Ach, laß deinen Schnak!

Heinecke.

Meinen Schnak — so! Wenn ik den teuren Sohn im Vaterhause willkommen heiße, so is dir das Schnak? (Führt ihn zum Plakat.) He ... Haste Worte?

Robert.

Das hast du gemacht, Vater, du mit deinem lahmen Arm?

Heinecke.

Pah! Ick mach' noch janz andere Dinge! Wenn ick armer Krüppel nicht 'mal zujriffe, wäre die werte Familie schon längst verhungert ... Wat stehste hier un jaffst, Mutter? Wo bleibt der Kaffee?

Frau Heinecke.
Na, na! (Wendet sich zum Gehen.)

Robert (ihr nacheilend).

Mutter, es war gewiß nicht schlimm gemeint.

Frau Heinecke.

Schlimm? Er reb't nur so, damit du denken sollst, er is der Herr im Haus! (Ab.)

Fünfte Scene.

Robert. Heinecke. (Später) Frau Heinecke.

Robert und Heinecke (schweigen).

Robert
(die peinliche Stimmung niederkämpfend).

Die Schachteln klebst du auch noch, Vater?

Heinecke.

Immerzu kleb' ich se.

Robert.

Und der Arm hindert dich nicht?

Heinecke.

Der Arm, hahaha, der Arm! Willst du sehen, wie ich klebe? Zuerst die Pappe — so — dann die Falze — so! (Läßt mit großer Geschwindigkeit den Pinsel über ein paar Pappplatten gleiten, die er mit dem Ellbogen des linken Armes fest aneinanderstreicht.) Wer macht mir armen Krüppel das nach?

Robert.

Du bist ein Tausendkünstler.

Heinecke.

Bin ich ooch! Aber wer erkennt des an? Wer estimiert mir? Keiner estimiert mir! Natürlich, wo soll bei de Fräuleins — die eine ist ja nu Madam — die Achtung herkommen, wenn die eigne Mutter mit so schlechtem Beispiel vorangeht?

Robert (unwillig).

Vater!

Heinecke.

Ja, du, du bist weit vom Schuß! Aus de Ferne
sieht sich das alles Wunder wie schön an! Da heißt es:
teures Mütterlein und holdes Schwesterlein! — Aber
sähest du nur zu, was ich alles aushalten muß! Nicht
einmal das Pferdebahngeld gibt sie mir, wenn ich in die
Stadt zu Biere will.

Robert.

Vater, thust du ihr nicht Unrecht? Hegt sie dich nicht
wie ihren Augapfel?

Heinecke.

Jott, ick will ja nischt gegen sie gesagt haben, aber ...
pscht, sie kommt!

Frau Heinecke (mit der dampfenden Kaffeekanne).

Nimm Platz, Robertchen! Ne, hier uf den Fotölch!
— Wart ein bisken! (Reißt die Ueberzüge herunter.) So
ein vornehmer Herr muß auf pure Seide sitzen.

Robert.

Himmel, was für 'ne Pracht!

Frau Heinecke.

Ja, und der andere is ebenso. Zwei Stück haben
wir. Und hast du dir den Trimo schon angesehen? Lauter
joldene Ranken und das Glas aus einem Stück. Aujustens
Mann sagt, der kost't mindestens 200 Mark.

Robert.

Wo habt ihr diese Herrlichkeiten her?

Frau Heinecke.

Vom Herrn Kommerzienrat.

Robert.

Der macht euch solche Geschenke?

Heinecke.

Na, eigentlich —

Frau Heinecke (leise).

Pscht! Weißt du nich, daß Herr Kurt nicht genannt sein will? (Laut.) Ja, vorigen Weihnachten gab's den Trimo, und diesen Weihnachten gab's die Fotölchs. Vater, bohr nicht so im Napfkuchen rum.

Robert.

Aufrichtig! Diese Art der Freigebigkeit will mir nicht behagen.

Frau Heinecke (gießt Kaffee ein).

Für manchen passen so feine Sachen auch nicht. Aber wenn so noble Besuche einen beehren und man einen so vornehmen Herrn zum Sohne hat und eine Tochter, die so furchtbar talentvoll ist — —

Robert.

Alma?

Heinecke.

Jawoll! Wir haben für unsre Tochter gethan, was in unsern Kräften stand.

Frau Heinecke.

Und du hast ja auch immer fleißig geschickt —

Robert.

Damit sie eine gute Schule besuchen konnte und dann Putzmachen und Buchführung lernen, so war es ja bestimmt. —

Frau Heinecke.

Gewiß. Früher!

Robert.

Und jetzt? Hat sie ihre Stelle nicht mehr?

Frau Heinecke.

Schon seit sechs Monaten nich.

Robert.

Was treibt sie jetzt?

Heinecke (stolz).

Sie bildet sich für den Gesang aus.

Robert.

Ich habe nie erfahren, daß Alma musikalisch ist.

Heinecke.

Ungeheuer!

(Man trinkt Kaffee.)

Frau Heinecke.

Sie hat sich prüfen lassen bei eine italienische Sängerin — Sinjohre oder so — die sagt, so was wär' noch jar nicht dajewesen, und sie würde sich's zur Ehre rechnen, Alma'n umsonst auszubilden.

Robert.

Aber sagt, wie habt ihr mir das alles verschweigen können?

Frau Heinecke.

Jott, bis nach dem heißen Indien is es so weit, da vergißt sich dies und jenes. Und dann haben wir dich überraschen wollen.

Robert
(steht auf und geht erregt auf und nieder).

Auguste beschützt sie doch nach Kräften?

Frau Heinecke.

Natürlich. Sie läßt keen Ooge von ihr ab. Alma ißt bei ihr und übt bei ihr, und wenn es abends zu spät wird für die Pferdebahn, schläft sie ooch bei ihr — wie eben diese Nacht.

Robert.

Und wenn sie abends fortbleibt, so beunruhigt euch das nicht?

Heinecke.

He, he! Großes Mädchen!

Frau Heinecke.

Da wir sie bei Aujusten so gut ufgehoben wissen! Sie könnten übrigens schon da sein, denn der Milchwagen hat in der Früh' den Brief an sie mitgenommen. Das wird ein Jubel sein!

Robert.

Und Auguste lebt glücklich?

Frau Heinecke.

Wie man's nehmen will. Er sauft ein bisken, und arbeeten möcht' er wohl ooch nich, aber —

Heinecke.

Aber mucken und Schkandal machen — des kann er.

Frau Heinecke.

Im janzen scheint es ihnen doch recht jut zu jehn. Aujuste hat zwei Zimmer hochherrschaftlich ausmöbliert und an einen feinen Herrn aus Potsdam vermietet, der manch= mal dort absteigt, aber bezahlt für's volle Monat. Das bringt manchen schönen Groschen. Für den Morgenkaffee allein gibt er 'ne Mark. (Zum Fenster gehend.) Dort kommt sie an, und den Mann hat sie ooch mitgebracht.

Robert.

Wie? Alma ist nicht mit ihr?

Sechste Scene.

Auguste, Michalski (treten ein).

Auguste.

Na, da bist du ja! (Sie küssen sich.) Dir is es wohl immer sehr jut jejangen? — Aber wat frag' ick? — Wer so nobel in Kleidern daherjeht! — Freilich is auch nich allens Jold, wat jlänzt — Dies ist mein Mann.

Robert.

Lieber Schwager, geben Sie mir die Hand auf herz= liche Verbrüderung.

Michalski.

Viel Ehre. Passiert nicht häufig, daß eine schwielige Faust zu so viel Ehre kommt.

Robert.

Schwager, das klang nicht brüderlich. (Zu Auguste.) Wo ist Alma?

Auguste.

Unsere Prinzessin kamen sich nicht schön genug vor für den fremden Bruder. — Mußten sich erscht die Stirn= locken brennen lassen.

Robert (steht betroffen).

Auguste.

Wird wohl mit die nächste Pferdebahne nachkommen. Wo habt ihr den Nappkuchen her?

(Frau Heinecke reicht herum, Auguste und Michalski essen.)

Frau Heinecke.

Iß auch noch ein Stücksken, Robertchen.

(Robert lehnt ab; alle andern essen. Pause.)

Heinecke.

Wat sagst be dazu, Michalski? „Willkommen, teurer Sohn, im —"

Michalski (essend).

Fazerei!

Robert (verwundert).

Schwager!

Heinecke.

Wie? Wat ick mit diesen braven Herzen und mit diesen lahmen Arm —

Robert (beruhigt ihn).

Michalski.

Ick bin ein schlichter Mann und sag' meine Meinung frei 'raus. Ick liebe die Kinkerlitzchen und das Gethue nich. Denn wer so schwer arbeeten muß wie unsereins, wem der Hunger und die Peitsche ejal im Nacken sitzen —

Heinecke.

Besonders, wenn man um elf Uhr vormittags spazieren jeht und Nappkuchen dazu ißt.

Auguste.

Seid ihr beede schon wieder aneinander? (Zu Michalski.) Könntest endlich Ruhe halten. Siehst doch, daß er in die Kinderjahre kommt.

Heinecke.

Ick in die — sehr jut. — Da siehst du nun: so werd' ich behandelt von meine eigene Kinder.

Robert (leise zu Auguste).

Verzeih, Schwester. — Ich hab' es nie für möglich gehalten, daß sich dergleichen sagen läßt.

Auguste.

Wat denn?
(Es klopft, ein Diener in Livree mit einem Blumenstrauß.)

Siebente Scene.

Die Vorigen. Wilhelm.

Alle (außer Robert).

Der Wilhelm! Guten Tag, Wilhelm!
(Die beiden Männer schütteln ihm die Hand.)

Frau Heinecke.

Vor wem is der scheene Strauß? Der jeht sicherlich in die Stadt.

Wilhelm.

Nein, der kommt zu Ihnen. — — — Sind Sie der junge Heinecke? (Robert bejaht. Korbial.) Das freut mich ungemein, daß wir uns kennen lernen. (Will ihm die Hand drücken.)

Robert (lächelnd).

Sehr liebenswürdig.

Wilhelm.

Die gnädigen Herrschaften lassen Ihnen ein freundliches Willkommen sagen und schicken Ihnen diese Blumen. Es ist das Rarste, was das Treibhaus hat. Aber im Vertrauen — die Blumen gab mir eigentlich das gnädige Fräulein, und das gnädige Fräulein hat sich überhaupt sehr scharf nach Ihnen —

Robert (seine Bewegung verbergend).

Sind Sie beauftragt, mir dieses zu eröffnen?

Wilhelm.

Ne, das nicht.

Robert.

So behalten Sie's für sich. (Diener wendet sich zur Thür.)

Frau Heinecke.

Möchten Sie nich ein Stücksken Nappkuchen mit uns essen, Wilhelm? Es ist noch welcher da.

Robert.

Verzeih, Mutter! (Gibt ihm ein Geldstück.) Der Mann hat seine Belohnung. — Bestellen Sie dem Herrn Kommerzienrat, daß ich um zwei Uhr zusammen mit dem Grafen von Trast-Saarberg um die Ehre des Empfangs bitten werde. — Sie können gehen. (Wilhelm ab.)

Frau Heinecke.

Ein Jraf? — Was für ein Jraf? —

Robert.

Ein Freund von mir, Mutter, dem ich vielen Dank schuldig bin.

Auguste (leise zu Michalski).

Hörst du, er will einen Jrafen zum Freunde haben.

Michalski (leise).

Er denkt wohl uns damit zu imponieren?

Frau Heinecke.

Wart, ich werd' den Strauß in Wasser stellen! — Den Wilhelm hättst du aber nich so schlecht behandeln sollen, Robertchen. — Des is ein Freund von uns.

Auguste.

Wir jemeinen Leute können keene Jrafens zu Freunde haben. —

Michalski.

Wir müssen uns an die Levkaien halten.

Frau Heinecke.

Ja, mit dem Wilhelm mußt du dich auch gut stellen. Uns zu Gefallen, Robertchen. — Denn wir haben viel Jutes von ihm. Wie manches Stückschen Braten, wie manche Flasche Wein hat er uns schon zugesteckt. —

Robert.

Und das nahmst du an, Mutter?

Frau Heinecke.

Warum nich? — Wir sind arme Leute, mein Kind. — Wir müssen froh sein, wenn wir was kriegen.

Robert.

Mutter! Ich will meine Kräfte verdoppeln. Ich will

euch überlassen, was ich mir vom Munde nur absparen kann. Aber nicht wahr, das versprichst du mir — von jenem Bedienten nimmst du nichts mehr an? —

Frau Heinecke.

Das wäre ja Hochmut und Verschwendung! Eine jute Jabe soll kein Mensch nich zurückweisen. Und mit dir hat er es auch nur jut gemeint, als er dir die Geschichte von's jnädige Fräulein erzählte. Mit die hat es überhaupt 'ne eigentümliche Bewandtnis. Wenn ick ihr uf den Hof begegnet bin, ist kein Mal vergangen, daß sie mich nicht ausgefragt hat, ob Nachrichten von dir da wären, wie dir die heiße Witterung bekäme und so. Und dabei hat sie immer so freundliche Augen gemacht. — Wenn du klug wärst, Robertchen — —

Robert.

Um Gottes willen, Mutter, hör auf!

Heinecke.

Das könnt' uns schmecken — zwei Milliönchens.

Michalski.

Ob du mir dann was pumpen wirst, Schwager?

Robert (für sich).

Wie lange will man mich noch quälen?

Achte Scene.

Die Vorigen. Alma.

Alma

(in gelbem Jackett, mit kokettem Hütchen, sorgfältig frisiert, mit schwedischen Handschuhen, vielen Armbändern und extravagantem Regenschirm. Durch die halbgeöffnete Thür).

Wünsch' einen schönen guten Morgen allerseits.

Robert.
(stürzt ihr entgegen und umarmt sie).
Alma! Gott sei gelobt!

Michalski (zu Auguste).
Die beiden Feinen aus de Familie.

Robert (Alma liebkosend).
Hör mal, Schwesterchen, wenn man so häßlich wäre,
wie man hübsch ist, brauchte man noch lange keine Angst
zu haben, daß man dem großen Bruder nicht gefallen
würde.

Alma.
Auguste — pfui!

Robert.
Na, na, es war nicht bös gemeint! Sei auf der
Stelle wieder gut!

Alma (geziert).
Mein Herzensbrüderlein!

Auguste (leise).
Jott, wie riehrend!

Frau Heinecke
(hilft Alma beim Ausziehen des Mantels).

Heinecke.
Wat sagst be nu? — (Streichelt ihr die Backe.) Bist
du mein Schätzeken oder nich?

Alma (trällert).
Oui, cher papa, c'est Girofla!

Heinecke.
Hörst be, wie se singt? Lauter italienisch.

Robert.

Ja, sag mal,' was hör' ich für Neuigkeiten? Du willst also partout eine große Sängerin werden?

Alma.

Wenn sich's so macht, ich habe nichts dagegen.

Frau Heinecke.

Möchtest du nicht ein Stückchen Napfkuchen essen, Almachen?

Alma.

Merci beaucoup! (Geht essend in der Nähe des Spiegels hin und her.)

Robert.

Und du studierst fleißig?

Alma (bejaht mit vollem Munde).

Alle Nachmittag hab' ich Stunde ... Do, re, mi, fa, sol, la, si — si, la, sol, fa — Ach ja, diese Tonleiter. Gräßlich langweilig! ... Und das ewige Ueben! ... Ich bin schon total nervös geworden.

Frau Heinecke.

Das arme Kind!

Alma.

O yes, Ma! Ich hab' nämlich auch Englisch gelernt! Ich bin nämlich furchtbar gebildet! ... Was ich alles weiß!

Heinecke.

Jawoll! Siehste!

Alma.

Und überhaupt! ... Man lebt nur einmal ... Lustig sein ist die Hauptsache ... Bist du auch lustig, Brüderchen?

Robert.

Gewiß. Wenn ich Grund dazu habe.

Alma.

Kunftftück! Ohne Jrund muß man luftig fein. Wozu ift man jung? Ach, und das Leben ift ja fo fchön!... Jeden Tag gibt's was Neues! — Und Berlin ift fo fchön!... Weißt du — fo die Linden! Und das elektrifche Licht! Haft du das fchon gefehn? — Das lieb' ich über alles!... Man ift fo fchön bleich, fo intereffant!... Und die Reftaurants haben auch fchon alle elektrifches Licht! Fabelhaft!... Da hab' ich einen Kronleuchter gefehen, weißt du in dem neuen Café auf dem Dönhoffsplatz — der war eine große Blumenguirlande, und in jeder Blume faß eine Flamme drin.

Robert.

Warft du denn in dem Café?

Alma.

Ich? Ach, wo! — Alles durchs Fenfter! So was gibt's dort nicht — in dem Indien? Nicht wahr? —

Robert.

Nein, das freilich nicht.

Alma.

Wir find überhaupt fehr weit in der Kultur. — Einer hat mir erzählt, daß es hier fchon faft fo fchön ift, wie in Paris. Ift das wahr?

Robert.

Ich kenne Paris nicht, liebes Kind.

Alma.

Pfui! Das ift fchade. — Ein junger Mann muß doch Paris kennen.

Robert
(zwifchen Befremden und Entzücken kämpfend).

Du kleiner Dummkopf!

Alma.

Hahaha! ... Ich bin drollig, nicht wahr? ... Hahaha!
— Ja, so ist man! Hahaha! ... (Geht lachend und sich
wiegend zu Augusten hinüber und hält ihr ein Taschentuch unter die
Nase, das sie dreieckig gefaltet im Gürtel getragen hat.) Riech mal!

Auguste (leise).

Au! Fein! Was ist denn das?

Alma (leise).

Ixora, das Allerneueste aus Paris ... hab' ich heut
gekriegt.

Auguste (leise).

Kommst du heute 'raus?

Alma (leise).

Weiß nicht. — Er wird mir's sagen lassen. — Aber
morgen abend gehn wir auf den Maskenball — hahaha!

Robert.

Aber, nun wollen wir wieder vernünftig sein, Kleine.
Komm her ... Setz dich ... Mir gegenüber ... Hier —
hier —

Alma.

Jott, wie du bist! — Das wird ja das reine Kriminal=
gericht. —

Robert.

Wenigstens mit Fragen werd' ich dich überschütten. —
(Die Alten gruppieren sich hinter Almas Sessel. Michalski sitzt auf
dem Arbeitstisch. Auguste neben ihm auf dem Schemel.)

Alma.

Also los. — S'il vous plait, Monsieur —

Michalski (leise zu Auguste).

Das kann nett werden.

Robert.

Wie kam's, daß du dein Talent entdecktest?

Alma.

Das kommt wie die Liebe — man weiß selbst nicht wie.

Robert (unangenehm berührt).

Hm ... Aber einer muß dir doch zuerst gesagt haben — (Alma zuckt die Achseln.)

Frau Heinecke.

Besinn dich, Kind. — Herr Kurt war's — der —

Robert.

Der junge Chef?

Heinecke.

Natürlich!

Robert.

Woher wußte er —?

Frau Heinecke.

Er hat sie singen gehört — durchs Fenster vom Hof aus. Und 's nächste Mal meinte er, es wär' 'ne Schand' und ein Spektakel, daß so 'ne Stimme —

Robert.

Aber warum läßt du die Mutter reden, Alma?

Auguste (zu Michalski).

Se is so schüchtern!

Alma.

Daß so 'ne Stimme hier im Hinterhaus verkümmern soll — und daß überhaupt ich hier im Hinterhaus ver= kümmern soll — denn Sie sind viel zu schade dazu, mein jnädiges Fräulein, sagte er.

Frau Heinecke.

Das hab' ich gehört! Mein jnädiges —

Heinecke.

Jawoll! Meine Tochter. Hö!

Robert.

Weiter, Alma!

Alma.

Meine Eltern haben für Ihren Bruder gesorgt, sagte er, und ich will für Sie sorgen, sagte er. — Na, und darauf wählte er mir eine Lehrerin aus, die hält einen cercle musical — das heißt auf deutsch „musikalischer Zirkel" — — da drin sind lauter junge Damen aus den feinsten Familien. — Eine ist sogar mit einem Husarenlieutenant verlobt.

Robert.

Wie heißt diese Lehrerin?

Alma (mißtrauisch).

Weshalb willst du das wissen?

Robert.

Weil es unmöglich ein Geheimnis sein kann.

Alma.

Sie heißt Signora Paulucci.

Heinecke (begeistert).

Ganz italienisch.

Robert (das Notizbuch hervorziehend).

Und wohnt?

Alma (rasch).

Du brauchst nicht hinzugehen. Es stimmt alles.

Robert.

Natürlich stimmt alles. Aber ich möchte gern auch aus dem Munde deiner Lehrerin hören, wie's um dich steht. (Alma sieht sich nach Augusten um.)

Auguste.

Du kannst sie ja morgen zur Stunde begleiten.

Alma (rasch).

Ach ja, morgen!

Robert.

Gut! — (Erhebt sich und geht erregt auf und nieder.) Ich will dich nicht kränken, liebes Kind, aber ich muß euch gestehn, daß ich eure großen Hoffnungen noch lange nicht teile.

Heinecke.

Nanu? —

Robert.

Wie manches junge Geschöpf ist nur durch Eitelkeit und Ehrsucht auf diesen Weg gelockt worden. Und der ist gefährlich! — Gefährlicher, als ihr ahnt. — Ich bin ja fest überzeugt, daß die Motive des jungen Chefs die reinsten und edelsten sind, aber — — Nun, werd' ich morgen aus berufenem Munde hören, daß meine Zweifel unnütz sind, so werde ich, ich selbst, weiter für dich sorgen und verspreche dir, keinen Augenblick zu ruhen, bis du in deiner Kunst das Höchste erreicht hast.

Alma
(nimmt die Vase vom Tisch und vergräbt ihr Gesicht in den Blumen).

Robert.

Und wie seltsam, daß wir alles, auch dieses unerhörte Glück, im Grunde dem Hause Mühlingk zu verdanken haben —

Michalski
(lacht höhnisch; Robert horcht auf, sagt aber nichts).

Alma.

Mama, wer hat mir dieses kostbare Bouquet geschickt?

Frau Heinecke.

Das ist ein Willkommen für — (macht Zeichen) von's gnädige Fräulein.

Alma.

Ach, von der! (Stellt die Vase zurück.)

Robert.

Halt mal! Eine Frage! Ich mache die Erfahrung, daß, sobald ich das Vorderhaus oder einen seiner Insassen erwähne, irgend wer von euch in ein Lachen ausbricht oder eine abfällige Bemerkung folgen läßt. Allenfalls Herr Mühlingk junior scheint Gnade vor euren Augen gefunden zu haben. Ohne Umschweife! — Was habt ihr gegen unsre Wohlthäter? Worin haben sie euch Grund zur Klage gegeben? (Schweigen.) Zum Beispiel dir, Schwager, der du soeben höhnisch auflachtest? (Schweigen.) Oder dir, Alma, die du mit den Blumen des Fräuleins nichts zu thun haben wolltest? Mutter hat mir vorhin berichtet, daß sie immer gütig zu ihr gewesen ist.

Alma.

Gütig, die? Eine aufgeblasene Person ist sie, die nicht weiß, wie weit sie den Kopf in den Nacken werfen soll, wenn sie mir begegnet. — Nie richtet sie ein Wort an mich, kaum daß sie sich herabläßt, meinen Gruß zu erwidern. O die!

Auguste.

Mit mir macht sie's nich anderscht.

Robert (schmerzlich, für sich).

Das sah ihr sonst nicht ähnlich.

Frau Heinecke (zärtlich).

Laß sie nur erst mit meinen Sohn Robert verheiratet —

Robert
(erschrocken ihr das Wort abschneidend).

Aber, Mutter! — Verzeih! Soeben fällt mir ein, daß ich jeder der Schwestern etwas mitzubringen habe. Auch Ihnen — dir, Schwager.

Auguste (aufspringend, gierig).
Was is es? Wo hast es?

Robert.
In der Schlafkammer, auf dem Tische. Ein Zettel sagt jedem, was ihm gehört.
(Die drei, Auguste voran, eilen zur Kammer.)

Heinecke.
Und für uns gibt's nischt?

Robert.
Für euch, liebe Eltern, ist mir von dem fremdländischen Kram nichts gut genug erschienen. Sagt mir, was ihr euch wünscht.

Frau Heinecke.
Wenn ich's doch erlebte, daß einer mir das Kanapee, das zu die Fotölchs paßt, schenken thät — (Da Robert vor sich hinstarrt.) Aber du verstehst mir ja jarnich.

Robert (in schmerzlichem Vorwurf).
Nein, Mutter, ich verstehe dich nicht.

Heinecke (trotzig).
Un ick wünsch' mir — 'nen neuen Kleistertopp, den wirst du wohl noch erschwingen können.
(Die drei kehren zurück. Auguste mit einem bunten Shawltuch, Alma mit einem Etui, Michalski mit einer Wasserpfeife, umringen ihn und bedanken sich.)

Auguste.

Wie schade, daß die indischen Shawls nich mehr getragen werden.

Michalski (an dem Schlauche ziehend).

Natürlich keene Luft!

Robert
(zu Alma, die mit einem Schmucke spielt).

Bist du zufrieden, Alma? Sieh mal, die hellblauen Steine sind indische Saphire.

Alma.

Janz nett! Ich liebe zwar die dunklen Saphire mehr. Sie haben ein schöneres Feuer.

Robert.

Wie kommst du zu solcher Wissenschaft?

Alma.

Ach — von be Schaufenster her. Unsereins steht gerne davor. —

Robert.

Und was hast du da Blitzendes in den Ohren?

Alma.

Das? Simili. Nichts weiter. Zwei Mark das Paar.

Robert.

Mein Herz, das trägt man nicht — und versprichst du, es auf der Stelle abzulegen, so hab' ich noch eine Extraüberraschung für dich im Kasten.

Alma (löst schmollend die Ohrringe).

Also, bitte!

Robert.

Es ist das Kleid einer Hinduprinzessin, das auf einem

Kriegszuge von meinen Freunden erbeutet worden ist.
Denk dir! Rosa und goldburchwirkt!

Alma (jubelnd).

O Gott, wie himmlisch!

Michalski (lachend).

Darauf habt ihr sie wohl splitternackig an einen
Boom gehängt? (Robert sieht ihn groß an.)

Alma (ihn liebkosend).

Du bist ein herziger, kleiner Schatz.
(Ein Kutscher in Livree pocht ans Fenster.)

Frau Heinecke.

Jeh jehn, Vater, was der Johann will!

Alma (zu Auguste).

So lange Gesichter werden sie machen vor Neid,
wenn ich morgen auf dem Maskenballe —

Auguste.

Pst!

Heinecke (vom Fenster her).

Johann läßt dir sagen, Alma, daß Herr Kurt um
drei Uhr nach de Stadt will und ob du mitfahren willst?
(Auguste und Alma wechseln einen Blick.)

Robert.

Was bedeutet das?

Auguste.

Janz einfach. Herr Kurt hat seine Equipage, und
da er ein gefälliger junger Mann ist, so hat er Alma'n
ein für allemale ufgefordert, mitzufahren.

Robert.

Wie? Das dulbet ihr? Und du, Schwester, hast
eingewilligt?

Alma.

Ein armes Mädchen möchte auch einmal in einer Equipage fahren. —

Frau Heinecke.

Und man erspart das Pferdebahngeld.

Robert.

Um Gottes willen! Was sagen die Damen des Vorder=hauses dazu?

Alma.

O, die wissen nichts. Wenn ich mitkomme, hält der Wagen am hintern Thorweg, wo nur die Arbeiter aus= und eingehen.

Robert.

Um so schlimmer! Was für abscheuliche Deutungen muß diese Heimlichkeit — — Hast du denn das nicht gefühlt? — Alma, komm mal her!... Sieh mir ins Auge.

Alma (ihn groß ansehend).

Nun?

Robert
(nimmt ihren Kopf in beide Hände).

Nein, diese Augen betrügen nicht! — Du bist rein, du bist — (küßt sie auf Stirn und Wangen).

Heinecke.

Entschließt euch. — Johann wartet.

Robert.

Sage dem Johann, Vater, daß ich mich vorher mit seinem Herrn besprechen werde.

Alma.

Weshalb? Es ist ja alles besprochen.

Robert.

Du wirst die Equipage des jungen Herrn Mühling?

nicht mehr benutzen. Für Mädchen deines — unseres Standes ist die Trambahn da.

Alma (bricht in ein trotziges Weinen aus).

Frau Heinecke.
Das arme Kind!

Auguste.
Du scheinst hier alles von oberst zu unterst kehren zu wollen —

(Auf dem Hofe erhebt sich Kindergeschrei.)

Heinecke (vom Fenster her).
Kommt her — schnell! — Ein Mohr! — Mit einem Turban.

Alle
(außer Robert, der ihnen kopfschüttelnd nachschaut, laufen zum Fenster).

Ein Mohr! — Nein, das ist kein Mohr!

Alma (noch kindisch weinend).

Robert ... ist das — ein Mohr?

Robert (finster).
Nein, mein Kind, das ist der indische Diener meines Freundes.

Frau Heinecke.
Dein Freund — ist das der Graf?

Robert.
Ganz recht.

(Der Diener tritt ein. Man umringt ihn.)

Robert.
Ragharita, dein Herr ist in dem Hause meines Vaters willkommen.

(Diener ab. — Große Erregung. — Frau Heinecke rückt an den Sesseln und wischt den Spiegel.)

Alma (vom Spiegel her).

Ist dein Graf jung oder alt? (Robert antwortet nicht.)
Meine Augen sind rot — feuerrot, nicht wahr, Auguste?
Und am Ende ist er jung! (Ab nach links.)

Michalski.

Komm, Auguste, wir wollen die hohen Herren nicht
stören. (Beide ab.)

Heinecke.

Herr Jraf, werd' ick zu ihm sagen, nehmen Sie Platz
auf diesen Fotölch, werd' ick sagen. — O, wir verstehen das.

Frau Heinecke.

Ein Baron is schon einmal hier gewesen, einer von
Herrn Kurt seine Herren Freunde. Weißt de noch, Vater?
Hat sich nach Alma'n ihr Befinden erkundigt. — Aber
ein Jraf noch nie.

Robert.

Wer ist hier gewesen, Mutter?

Neunte Scene.

Die Vorigen. Graf Trast.

(Mann mit ergrauendem Kopf und langem, blondem Barte, zwischen
Vierzig und Fünfzig, mit lässig-fremdländischer Eleganz gekleidet.)

Robert
(eilt ihm entgegen und drückt ihm die Hände).

Trast (leise).

Was ist dir? — Hat das Heimatsfieber noch nicht
nachgelassen? (Laut.) Also das sind die Langersehnten!
(Schüttelt ihnen die Hände.) Wissen Sie, meine Verehrten,
daß hier auch eine Art von Sohn vor Ihnen steht? Die
Freundschaft meines lieben alten Kameraden gibt mir
beinah ein Recht auf diesen Namen.

Heinecke
(drückt sich unter Kratzfüßen zur Thür hinaus).

Frau Heinecke.

Möchten der Herr Graf nicht ein Stückchen Napfkuchen essen? — Es ist noch welcher da.

Trast.

Danke, ich esse — ich esse.

Frau Heinecke (knicksend ab).

Zehnte Scene.

Trast. Robert.

Trast.

Du bist blaß, mein Junge, und deine Hände zittern.
Was ist dir geschehn?

Robert.

Ach, nichts. Das Glück — weißt du — die Erregung. Das ist doch natürlich!

Trast.

Ganz natürlich. — (Beiseite.) Er lügt! (Laut.) Sag
mal, wie lange gedenkst du hier zu bleiben? Ich will
meinen Aufenthalt in dem braven Europa danach regeln.

Robert.

Unmöglich, lieber Freund! Unsre Wege trennen sich nun.

Trast.

Ah, Wetter!

Robert.

Ich werde meinen Chef bitten, mich von nun an im
Lande zu beschäftigen. Das indische Klima — du verstehst.

Traſt.

Da haben wir die Beſcherung! Es hängt ſich wohl
ſehr lieblich an Mutters Schürzenband?

Robert.

Spotte nicht und frage auch nicht. Und da wir bald
auseinandergehn, — es muß ja einmal geſagt werden, —
hab Dank, du lieber, böſer Menſch, für alle deine Wohl=
thaten. Das war der geſegnetſte Augenblick meines Lebens,
als du mich im Klub auf Buitenzorg fiebernd hinter meinem
jungen Chef ſtehn ſahſt, der eine Hundert=Gulden=Note
nach der andern auf den grünen Tiſch warf.

Traſt.

Warum war ich ſo dumm, einen Narren an dir zu
freſſen, wenn du mich jetzt — pfui, das iſt nicht fein.

Robert.

Traſt, thu mir nicht weh! Siehſt du, dir verdank'
ich alles. — Als ich damals deinen Namen hörte, den
Namen Traſt und Compagnie, der allmächtig iſt von
Yokohama bis nach Aden, da war mir zu Mute, als
ſtünd' ich vor dem Kaiſer ſelber.

Traſt.

Ein Kaiſer von Kaffeeſacks Gnaden.

Robert.

Das Mühlingkſche Unternehmen in Batavia war eben
drauf und dran, elendig zu Grunde zu gehen. —

Traſt.

Wunder auch, da es den größten Taugenichts im
Archipel zum Leiter hatte.

Robert.

Vor mir ſtanden Rückberufung und Entlaſſung. Da
nahmſt du den armen, landfremden Commis unter deine

Fittiche, dein Name eröffnete mir Verbindungen in Fülle, an deinem Rat erwuchs ich zum Manne — während Herr Benno Mühlingk sein lustiges Leben weiter führte, glitt die Leitung der Geschäfte allgemach in meine Hände über —

Trast.

Und das Ende vom Liede ist, daß das Haus Mühlingk samt seinem sauberen Vertreter durch uns um einige Hunderttausende reicher wurde. Schade! Hätt's dir selber gegönnt! Nun, ich werde deinem Ober=Chef die Augen über dich öffnen. Wenn er dich nicht mindestens zum Com= pagnon annimmt, so werde ich in meinem Zorne eine solche Kaffee=Hausse heraufbeschwören, daß die wackere Frucht der deutschen Eiche zu ungeahnten Ehren kommen soll. Aber ernsthaft gesprochen, warum kaprizierst du dich, im Dienste dieser Leute zu bleiben? Komm mit mir, mein Junge. Ich biete dir ein fürstliches Gehalt und jede Weihnachten eine neue Hose.

Robert (lehnt kopfschüttelnd ab).

Trast.

Die Dankbarkeit allein kann solchen Wahnwitz nicht zu stande bringen. Oder sollte am Ende zum Inventar der Firma irgend eine deutsche Jungfrau gehören, die — (beiseite.) Aha! (Laut.) Da wir gerade von Jungfrauen reden! — Denke, was mir gestern abend passiert ist! Als wir uns getrennt hatten, schlenderte ich ziellos durch die Straßen. Ein Plakat von angenehmer Augenfällig= keit lud mich zum Maskenballe ein. Hundert Bajaderen werden ihre sinnberauschenden indischen Tänze aufführen, hieß es daselbst. Na, darin bin ich ja Fachmann. Also, ich ging hin. — Ach! — Alles das schien eigens dazu da, um angehende Mönche zur Ablegung ihrer Gelübbe zu begeistern. Aber da kommt mir im Schwarm ein blut= junges Wesen entgegen, zart und flaumig wie ein halb= reifer Pfirsich. Sie scheint gerade herrenlos. Ich attaciere

sie. Sie, nicht blöde, bettelt mich mit süßer Kindesstimme
um ein Spielzeug an, das an meiner Kette hing. Ein
kleines, goldenes Gözenbild, darstellend meinen Schuz-
patron Ganesa, den Gott des Erfolges, der, wie du weißt,
auf einer Ratte reitet. Eine Ratte hatte die andre ge-
wittert. Und als ich schwazend neben ihr herging, du,
was fand ich da? Unter dem Flaume kindlicher Unschuld
was für eine naive Verdorbenheit! —

Robert (angstvoll).

Also dergleichen ist möglich?

Trast.

Du hörst es ja. Nun pflegt mein Herz stets in dem
Takte zu schlagen, welchen die Sitte des Landes verlangt,
dessen Gastfreundschaft ich genieße. Denn ich mache mich
gern zum Sklaven des Milieus. Im Orient halte ich
mir einen Harem, in Italien steige ich bei Mondschein
über Gartenmauern, in Frankreich bezahle ich die Schneider-
rechnung, und — Gott! — in Deutschland weiße ich den
Rückweg zur Tugend. — Ganz folgerichtig. Im Orient
liebt man mit den Sinnen, in Italien mit der Phantasie,
in Frankreich mit dem Geldbeutel, in Deutschland aber
mit dem Gewissen. Also, ich beschloß, dies kindliche Laster
zur büßenden Magdalena umzuwandeln. Noch hatte ich
mit den Anfangsgründen nicht begonnen, denn der Cham-
pagner sollte eben erst aufgekorkt werden, da kommt ein
Herr — zur Hälfte Dämon, zur Hälfte Hampelmann —
auf mich zugestürzt und reklamiert sie für sich. — Ich ehrte
die älteren Rechte und ging um eine gute That ärmer
zu Bette. Aber ich gäbe viel darum, wenn mir der Zu-
fall das süße Ding --

Robert
(schlägt ächzend die Hände vors Gesicht).

Trast.

Alle Wetter — Was gibt's? — Pst —

Elfte Scene.

Die Vorigen. Frau Heinecke.

Frau Heinecke.

Robertchen!

Robert.

Mutter?

Frau Heinecke.

Haft du vielleicht 'nen Proppenzieher bei dir? (Zu Traft.) Meine Tochter Alma wird sich erlauben, mit 'nen Fläschchen Wein aufzuwarten. Es is kein ordinärer Wein, sondern das Feinste, was man hat.

Robert.

Kommt wohl aus dem Vorderhause?

Frau Heinecke (stolz).

Jawohl!

Robert.

Da! (Wirft sein Taschenmesser auf den Tisch.)

Frau Heinecke.

Wie du aber auch bist!

Robert.

Ja, ja. Du hast recht. Verzeih! (Frau Heinecke ab.)

Zwölfte Scene.

Traft. Robert.

Traft.

Nun beichte, mein Junge! Vertrau dich mir an!

Robert.

Ah — hätt' ich die Heimat niemals wiedergesehen!

Traft.

Holla! Bläst der Wind aus dem Loche?

Robert.

Ich schäme mich des Standes, in dem ich geboren bin. — Die Meinigen gelten mir nichts mehr. — Mein ganzes Wesen zieht sich zusammen in der Berührung mit ihnen ... Ich traue meinem Gehirne nicht, denn ein verrückter Argwohn nach dem andern schießt mir durch den Kopf. — Trast, ich glaube beinah, ich achte den Schoß nicht mehr, der mich getragen hat.

Trast.

Das ist kompletter Unsinn.

Robert.

Wenn ich dir schildern wollte, was ich gelitten habe. Jedes ernsthafte Wort erschien mir wie ein Faustschlag, und jeder Scherz wie eine Ohrfeige. Es schien, als müßte man nichts zu reden, als was mich verwundete ... Ich glaubte, zur Heimat zurückzukehren, und stehe einer fremden Welt gegenüber, in der ich kaum zu atmen wage. — Rate, was soll ich thun?

Trast.

Deine Koffer packen.

Robert.

Das wäre feige und herzlose Flucht. Hat das die um mich verdient, die mich gebar?

Trast.

Weißt du — lassen wir das hohe Pathos. Die Sache liegt so einfach wie möglich — für uns, die wir das Kastenwesen an der Quelle studiert haben. — Dieselben Kasten gibt's auch hier, nicht durch Speisegesetze, durch Eheverbote und Regeln religiöser Etikette voneinander geschieden. Das wären nur Kleinigkeiten. Was sie un= überbrückbar trennt, das sind die Klüfte des Empfindens. — Jede Kaste hat ihre eigne Ehre, ihr eignes Fein= gefühl, ihre eignen Ideale, ja selbst ihre eigne Sprache. —

Unglücklich deshalb derjenige, der aus seiner Kaste heraus=
gefallen ist und nicht den Mut besitzt, sich mit seinem
Gewissen von ihr zu lösen. Ein derart Deklassierter bist
du, und du weißt, ich war es auch. — Ja, was du
heute fühlst, habe ich vor Jahren am eignen Leibe durch=
gemacht. Oder wie glaubst du, daß mir, dem flotten,
blutjungen Kavallerieoffizier, zu Mute war, als ich eines
Morgens beim Erwachen mich besann, daß ich in der
Nacht das Sümmchen von neunzigtausend Thalern verspielt
hatte, das binnen vierundzwanzig Stunden bezahlt sein
wollte? Was half's, daß ich nach Hause reiste, um mich
meinem Vater zu Füßen zu werfen? Er hätte seine Haut
verpfändet, um die Ehre meines, seines Namens zu retten,
aber diese Haut war schon verpfändet. Und da er mir weiter
nichts zu geben hatte, gab er mir wenigstens seinen Fluch.

Robert (vor sich hinbrütend).

Daß du den Mut hattest, weiter zu leben.

Trast.

Haha! Weißt du denn nicht, wie das geschah?

Robert (zerstreut und von Unruhe gequält).

Ich weiß nichts mehr — nichts — nichts —

Trast.

So merk es dir. Es kann dir vielleicht nützen. Als
meine Kameraden sich von mir verabschiedeten, erwiesen
sie mir den letzten Liebesdienst, eine Pistole mit gespann=
tem Hahn schweigend neben mich auf den Tisch zu legen.
Ich besah mir das Ding von allen Seiten. Daß ich als
Ehrloser nicht eine Stunde länger leben könnte, war mir
selbstverständlich. Da, als ich die Mündung gegen meine
Schläfe drückte, kam mir plötzlich der Gedanke: das ist
brutal, das ist dumm. Was bist du weniger, als du vor
drei Tagen warst? Vielleicht hast du die Rute verdient,
da du als dummer Junge Summen versprachst, die du
nicht besaßest, den Tod aber nicht. Es haben sich Jahr=

tausende lang Menschen der Sonne gefreut, ohne sich von
dem Phantom der Ehre verdunkeln zu lassen, noch heute
leben neunhundertneunundneunzig Tausendstel der Mensch=
heit auf dieselbe Art. Lebe wie sie, arbeite wie sie, und
freu dich der Sonne wie sie. — Als ich zwölf Jahre
später — meine Schuld war selbstverständlich längst ge=
tilgt — nach Europa zurückkehrte, kam eine Art Ver=
söhnung zwischen mir und meinem Vater zu stande. Aeußer=
lich nur. Hätte er mich als verlorenen Sohn auf seiner
Schwelle liegend gefunden, er hätte mich mit seinen zit=
ternden Händen aus dem Kot erhoben und an seine Brust
gedrückt. Daß ich trotzig und frei den Kopf erhob, ja,
daß ich im stande war, ihm mit einer halben Million
unter die Arme zu greifen, das verzieh er mir nie. Wenige
Wochen später reiste ich ab. Der reiche Kaffeekrämer und
der arme Standesherr hatten sich nichts mehr zu sagen. —

Robert.

Und nun ist er tot.

Trast.

Friede werd' ihm in dem Himmel, an den er glaubte!
Doch nun die Nutzanwendung: Laß den Deinen ihre
Weltauffassung, du wirst sie nicht mehr ändern. Gib,
wo es not thut, gib im Ueberfluß, und im übrigen —
komm mit.

Robert.

Ich kann nicht. Höre, weshalb. Ich hab' es dir
vorhin verschwiegen, denn ich — schämte mich. — Ich
habe eine Lieblingsschwester. Sie war ein Kind, als ich
fortging. O, wie hab' ich mich auf das Wiedersehen ge=
freut! — Und ich bin nicht enttäuscht, denn sie ist schöner
und lieblicher aufgeblüht, als ich je hoffte. Aber meine
Liebe zu ihr hat sich in Angst und Qual verwandelt. —
Ich zittere vor tausend Gefahren, die ich nicht zu nennen
wage. Denn was sie thut und mit sich thun läßt — in
aller Unschuld natürlich —, widerspricht meinem Ehrgefühl

auf Schritt und Tritt. Vorhin, als du von jenem un=
reifen Laster erzähltest, ein Schauder lief mir da kalt über
den Leib, — denn — nein und tausendmal nein. Hier
ist mein Platz, hier steh' und fall' ich!

Trast.

Ich gebe zu, du hast Gründe, welche sich hören lassen.
Aber du bist in überreizter Stimmung. Ich wette, du
siehst zu schwarz.

Robert.

Wollt' es Gott! . (Stützt den Kopf in beide Hände.)

Trast.

Freilich, Humor müßtest du haben, dann ließe sich
manches ertragen.

Dreizehnte Scene.

Die Vorigen. Alma.

Alma

(mit einem Theebrett, worauf Weinflasche und zwei Gläser, von
links. Der Graf fährt zusammen, sie stößt einen Schrei aus. Das
Theebrett droht ihr zu entfallen).

Trast (rasch gefaßt, eilt ihr zu Hilfe).

Fast gäb' es Scherben, mein Fräulein. (Für sich.) Es
gibt Scherben.

Robert (die Schwester umfassend).

Sieh, lieber Trast, das ist sie. — Nicht wahr, sie ist
ein Engel? So, jetzt geh zu ihm, gib ihm eine Patsch=
hand und sag: Willkommen.

Alma (leise).

Nichts ausplaudern — Sie.

Trast (beiseite).

Unglücklicher. Wie schaff' ich ihn fort!

(Der Vorhang fällt.)

Zweiter Akt.

(Salon im Hause des Kommerzienrats. — Reiche, doch etwas steife Ausstattung. Im Hintergrunde breite Thüröffnung zum Speisezimmer mit Portièren davor. — Links neben dem Kamin ein Sofa mit ovalem Tisch und Seseln, rechts Chaiselongue mit kleinem rundem Tischchen und Schaukelstuhl. — Im Speisezimmer eine reichbesetzte Tafel in der Unordnung einer beendeten Mahlzeit.)

Erste Scene.

Herr (und) Frau Mühlingk. Kurt (links). Lenore (im Schaukelstuhle rechts mit einem Buche. Man trinkt Kaffee, den ein Diener serviert. Ein andrer ist im Speisezimmer mit Aufräumen der Tafel beschäftigt.)

Kurt.
Wie gesagt, der Rappe ist famos!

Mühlingk.
Aber teuer!

Kurt.
Teuer — ja lieber Gott!

Frau Mühlingk.
Ich werde die fehlende Summe zulegen, damit diese Sache endlich zu Ende kommt.

Kurt (küßt ihr die Hand).
Mein Kompliment, Mama!... Ich werde mich also hoch zu Roß meinen lieben Berlinern zeigen. — Du darfst mich auch bewundern, Lori!

Lenore.

Ja, lieber Kurt! (Liest weiter.)

Kurt.

Lothar Brandt und Hugo Stengel wollten herauskommen, sich das Vieh anzusehen. Vielleicht interessiert dich das, Lori?

Lenore.

Die kommen wohl bald einmal. Zu thun haben sie ja nichts. (Mit einem Blick nach der Uhr, für sich.) Mein Gott, wie die Zeit schleicht!

(Diener ab.)

Frau Mühlingk.

Du solltest nicht so hart über diese Herren reden, mein Kind, da Lothar sich um deine Hand bewirbt!

Lenore.

So?

Frau Mühlingk.

Hast du nichts davon bemerkt?

Lenore.

Ich habe nicht aufgepaßt, Mama.

Frau Mühlingk (halblaut).

Unerträglich, Theodor!

Mühlingk.

Wir kennen diesen Ton nun schon zur Genüge, mein Kind. Auch der Stolz auf die väterliche Kasse hat seine Grenzen.

Lenore (sich aufrichtend).

Der Stolz auf die väterliche Kasse?

Mühlingk.

Wie soll man die Art sonst nennen, die du seit zehn Jahren an dir hast, reiche und angesehene Bewerber heimzuschicken? ... Ich bin ein schlichter, bürgerlicher Mann ... Ich habe mich durch eigne Kraft aus kleinen Anfängen emporgearbeitet ...

Kurt (beiseite).

Das heißt — er hat eine gute Partie gemacht. --

Mühlingk.

Was sagtest du, Kurt?

Kurt.

Ein Ausruf der Bewunderung — weiter nichts, Papa!

Mühlingk.

Ja, ich hatte es nicht so leicht wie du, mein Sohn. — Nimm dir ein Beispiel! ... Ich liebe es nicht, den Protzen zu spielen, und wünsche dies ebenso wenig von meinen Kindern. Nur so lebt man geschmackvoll!

Kurt (beiseite).

Und billig!

Lenore.

Dein Vorwurf trifft mich nicht, Papa ...

Frau Mühlingk.

So laß dich herab, uns einen Grund zu nennen.

Lenore (vorwurfsvoll).

Mama!

Frau Mühlingk (nervös).

O bitte!

Lenore (aufstehend).

Mein Gott, warum laßt ihr mich mein Dasein nicht gestalten, wie meine Natur es von mir fordert. Ich bin ja bescheiden. — Ich bitte um nichts weiter, als mir selber leben zu dürfen.

Mühlingk.

Das nennst du bescheiden? ... Wo bliebe da die Heiligkeit der Familienbande?

Frau Mühlingk (zu Mühlingk).

Siehst du's nun? Ich schließe seit langem kein Auge mehr.

Lenore.

Um meinetwegen, Mama?

Frau Mühlingk.

Diese Bizarrerien jeden Tag. — Diese Unschicklich= keiten! Was bedeutet das nun wieder, daß du die Ge= wächshäuser plündern läßt, um einem heimgekehrten Commis Blumensträuße zu schicken.

Lenore.

Du meinst Robert?

Frau Mühlingk.

Herrn Heinecke, den Jüngeren, meine ich.

Lenore.

Aber der ist doch kein Commis. — Er ist so gut wie ein Sohn unsres Hauses.

Kurt.

Danke!

Frau Mühlingk (milde).

Das heißt, wir haben ihn aus dem Kote gezogen.

Zweite Scene.

Die Vorigen. Wilhelm.

Mühlingk.

Hä?

Wilhelm.

Der junge Herr Heinecke aus dem Hinterhause läßt melden, daß er sich um zwei Uhr die Ehre geben wird. —

Lenore
(macht eine unwillkürliche Bewegung und blickt nach der Uhr).

Mühlingk.

Sieh da — wie ein großer Herr!... Es ist gut. —

Wilhelm.

Mit Erlaubnis — er nannte noch einen andern, der mitkommen wollte, — Graf Trast — oder so —

Mühlingk (aufspringend).

Wie? Der Graf Trast! Trast und Compagnie, Kurt. — Der Kaffeekönig! (Winkt dem Diener. Diener ab.)

Kurt.

Was so'n Commis für'n Glück hat.

Mühlingk.

O, den müssen wir ja einladen, Amalie.

Frau Mühlingk.

Gut, morgen mittag.

Lenore.

Wie — und Robert Heinecke nicht?

Kurt (beiseite).

Immer besser.

Mühlingk.

Hm! Eigentlich hast du recht. — Wenn man gelegentlich zu diesen Leuten herabsteigt, kettet man sie mit ihrem Gemütsleben an die Interessen der Firma. — So etwas bringt oft Tausende ein, Kurt. — — Der junge

Mensch hat sich unter Bennos Führung ganz hübsch ein=
gearbeitet, und da ich ihn auf fernere zehn Jahre nach
den Antillen schicken will —

Lenore (entrüstet).

So war es nicht gemeint, Papa.

Mühlingk.

Schadet nichts.

Frau Mühlingk.

Und du, Kurt, paß ein wenig auf, daß der junge
Mensch keine faux pas begeht. Er kommt aus dem Hinter=
hause. So was färbt ab. —

Kurt (aufstehend).

Pardon. Ihr wünscht doch, daß ich auch meine Freunde
einlade?

Mühlingk.

Gewiß, auch deine Freunde. Junggesellen haben
immer Zeit.

Kurt.

Ich möchte bitten, daß ihr mir das erlaßt. Ich kann
unmöglich junge Männer aus guter Familie mit dem
Sohne des (weist nach hinten) Herrn Heinecke gesellschaftlich
bekannt machen.

Lenore (leise zu ihm).

Solltest du nicht eher den Bruder des Fräulein Hei=
necke im Auge haben?

Kurt (erschrocken, sich dann sammelnd).

Wie meinst du das?

Lenore.

Sei zufrieden, daß ich dir die Antwort schenke.

Kurt.

Bitte!

Lenore.

Soll ich?

Kurt.

Du drohst mir wohl?

Mühlingk.

Liebe Kinder, in diesem Hause gibt es keine Scenen.

Frau Mühlingk.

Wir wollen nichts gehört haben, Theodor. Ich ziehe mich nun zurück. Auch du ruhst wohl ein wenig?

Mühlingk (küßt sie ceremoniell auf die Stirn).

Kurt (beiseite).

Die gute, alte Zeit! (Laut.) Mahlzeit!
(Frau Mühlingk will nach dem Hintergrunde ab. Mühlingk klingelt.)

Lenore (hinter Frau Mühlingk hereilend).
Mutter!

Frau Mühlingk
(sich umwendend, mit nervöser Freundlichkeit).

Es ist gut. Laß nur. (Ab.)

Wilhelm (tritt ein).

Mühlingk.

Besuch wird nach meinem Arbeitskabinett gemeldet.
(Ab.) (Diener ab.)

Dritte Scene.

Kurt. Lenore.

Kurt (will gleichfalls ab).

Lenore.

Mir scheint, daß wir miteinander zu sprechen haben, Kurt.

Kurt.

Wir? ... Hä? Nein.

Lenore.

Und du trägst kein Verlangen, mich zur Rechenschaft zu ziehen?

Kurt.

Dir scheint es nicht zu passen, daß ich mich ein wenig in der Welt umsehe ... Weil du vier Jahre älter bist als ich und mich einmal gehn gelehrt hast, möchtest du mich noch immer am Gängelbande halten. Du — aber gehn kann ich nun ... Es gibt sogar Damen, welche behaupten, ich ginge zu weit ... Bitte, laß mir meine Façon, selig zu werden.

Lenore.

Ich habe dir nie einen Vorwurf gemacht. Spiele den Lebemann, soviel du willst. Aber habe den Mut, es zu bekennen.

Kurt.

Würde mir schlecht bekommen!

Lenore.

Du spielst den gehorsamen Haussohn, um dich hinterher über die Eltern lustig zu machen. — Glaube mir, Kurt, so richtest du deinen Charakter zu Grunde.

Kurt (belustigt).

Ach?

Lenore.

Und um eines fleh' ich dich an: dies Haus und seinen Bezirk — die halte heilig.

Kurt.

Da wären wir nun mit Gottes Hilfe.

Lenore.

Weißt du, was man zischelt und raunt hinten in den Höfen und Werkstätten? Daß du die Schwester Robert Heineckes mit deinen Aufmerksamkeiten verfolgst — daß du —

Kurt (achselzuckend).

Ja, wenn du dir gestattest, den Klatsch der Hinter= treppen herumzutragen!

Lenore.

Kurt — nicht diesen Ton! Ich habe dich heut' vor den Eltern geschont. Das nächste Mal thu' ich es nicht ... Und vor allem eins: Robert ist zurückgekehrt ... Wenn er seine Schwester schuldig fände ... Sei still, ich fürchte es nicht ... ich würde nicht wagen, es zu fürchten ... Aber das Mädchen ist eitel und leichtsinnig ... Wenn es so wäre ... Und durch deine Schuld, Kurt, nimm dich in acht! ... Er würde dich zerschmettern.

Kurt.

Wer? Mein Commis? — Mit seinem Probenkoffer?

Lenore.

Ah! ... Und daß du dich dazu hergibst, diesen deinen Commis zu bestehlen, daran denkst du nicht?

Kurt.

Was sind das für Ausdrücke? ... Bestehlen — um was denn?

Lenore.

Um seine Stellung vor der Welt! Um seinen guten Namen!

Kurt.

Den Namen Heinecke. Pah!

Wilhelm
(bringt zwei Visitenkarten, die er Lenoren überreicht).

Lenore.

Besuch für dich!

Kurt.

Wer denn?

Lenore.

Lies!

Kurt.

Lothar Brandt . . . Hugo Stengel . . . Ah, ich lasse bitten. (Wirft die Karten auf das Tischchen rechts. Diener ab.)

Lenore (wirft sich in den Schaukelstuhl).

Kurt.

Zeichen und Wunder. Du läufst ja heute nicht davon.

Vierte Scene.

Die Vorigen. Hugo Stengel. Lothar Brandt.

Lothar.

Morgen, lieber Junge!

Kurt (ihnen entgegengehend).

Ihr kommt meinen Rappen besehen. Das ist nett von euch.

Hugo
(mit einer Verbeugung gegen Lenoren).

Wir nahmen uns die Freiheit.

Lothar (gleichfalls).

Falls wir das gnädige Fräulein nicht stören.

Lenore (liebenswürdig).

Durchaus nicht. — Ich gehe nur selten nach den Ställen. (Die beiden räuspern sich.)

Kurt.

Wollt ihr also nicht Platz nehmen?

Lothar.

Wir erwarten die Erlaubnis des gnädigen Fräuleins.

Lenore (kühl).

Ich bitte! (Nimmt ein Buch und blättert darin. Kurt wirft ihr einen Blick des Unwillens zu. Setzen sich.)

Kurt.

Nun, wo stecktet ihr denn gestern?

Lothar (posierend).

Gestern? — Was verlangst du für Leistungen von meinem Gedächtnis. — Ja, was war denn eigentlich gestern? Zuerst war ich im Tattersall, dann hatte ich Konferenz mit Papa. — Der Kaffee sinkt wieder.

Hugo.

Beängstigend. — — Dreiundfünfzigeinhalb. —

Lothar.

Beängstigend, lieber Hugo, ist wohl nicht das richtige Wort. Er sinkt. Wir werden kämpfen. — Dann machte ich Besuche. Dann aß ich im Offiziersverein.

Lenore (aufblickend).

Ah — Sie sind Offizier?

Lothar (beleidigt).

Ich dächte, Sie wüßten das, mein gnädiges Fräulein. -- Ich bin Lieutenant der Reserve im Kürassier= regiment „Kronprinz".

Lenore (lächelnd, mit einem Blick auf den Tisch).

Ach ja — siehe Visitenkarte.

Kurt (ihm auf die Schulter klopfend).

Sonst auch hoch zu Roß auf Herrn Papas Comptoir= schemel!

Lothar (schneidend).

Ich muß sehr bitten, mein Lieber!

Lenore.

Herr Lieutenant, das ist nicht der schlechteste Renner für eine Jagd nach dem Glück.

Hugo.

O wie fein! Wie fein!

Kurt.

Aber ich suchte euch des Abends!

Lothar.

Abends? — Da war man eben eingeladen. Wo? das ist mir nicht recht erinnerlich. Sprechen wir nicht darüber. Sie belieben zu lächeln, mein gnädiges Fräulein.

Lenore.

Wie dürfte ich?

Lothar.

Aber Sie in Ihrer stolzen Zurückgezogenheit haben keine Ahnung, was in unserem geliebten Deutsch das Wort „Saison" bedeutet.

Hugo.

Es sind zwei Monate her, mein gnädiges Fräulein, daß ich zum letztenmal, was man so nennt, geschlafen habe.

Kurt.

Und das geschah auf einem Billard.

Lothar.

Nun, das hat unser verehrter Kurt scherzhaft gemeint. Aber wenn Sie wüßten, was es heißt, Märtyrer des Vergnügens zu sein — Sie würden uns verstehn.

Lenore.

Ich bemühe mich so sehr, Sie zu verstehen, daß ich schon angefangen habe, Sie zu bedauern.

Hugo (leise zu Lothar).

Mir scheint, das Mädel macht sich lustig.

Lothar (leise, arrogant).

Ein jeder ist so kokett, wie er kann.

Kurt
(ist zu Lenore hinübergegangen, leise).

Du brauchtest nicht so unliebenswürdig zu sein!

Lenore (sich schaukelnd).

Hm? (Liest weiter.)

Lothar.

Darf man fragen, was die Aufmerksamkeit des gnä=
digen Fräuleins so sehr in Anspruch nimmt?

Kurt (für sich).

Wenn er sie doch nur laufen ließe.

Lenore.

Etwas, was die Märtyrer des Vergnügens kaum
interessieren wird, denn es dreht sich nur um die Mär=
tyrer — der Arbeit.

Lothar.

So, so!

Hugo (aufspringend).

Wollten wir nicht den Rappen besehen?

Lothar.

Ganz recht. — Geht ihr nur vor. — Die Märtyrer
der Arbeit interessieren mich mehr, als das gnädige Fräu=
lein glaubt.

Kurt (beiseite).

Ach, der Unglückliche!

Hugo.

Mein gnädiges — —

Kurt (ihn hinausschiebend).

Komm, Stengelchen, komm! (Beide ab.)

Fünfte Scene.

Lothar. Lenore.

Lenore (sieht nach der Uhr, ungeduldig).

Mit welcher Auskunft kann ich dienen, Herr Brandt?

Lothar.

Mein gnädiges Fräulein, ich sehe mit Bedauern, wie sehr Sie mich verkennen, denn wenn mein Wert auch bescheiden ist ...

Lenore.

Und um mir das zu versichern, versäumen Sie ...

Lothar.

Noch einen Augenblick ... bitte ...

Lenore (beiseite).

Ein Antrag.

Lothar.

Meine Fehler mögen unzählige sein, aber, mein gnädiges Fräulein, ich bin ein Mann von Ehre.

Lenore.

Das scheint mir für einen Sohn aus guter Familie selbstverstänlich, Herr Brandt. — Und so wenig verdienstvoll, wie daß er einen guten Rock auf dem Leibe trägt.

Lothar.

So gering schätzen Sie — —

Lenore.

Verzeihung. — Ich schätze selbst die Schlechtgekleideten nicht gering, nur in den Salon läßt man sie nicht hinein.

Doch, Herr Brandt, ich habe Sie unterbrochen. Vielleicht verkenn' ich Sie wirklich. Lassen Sie weiter hören.

Lothar.

Ich muß bekennen, mein gnädiges Fräulein, Sie haben mich eingeschüchtert. Und das will etwas sagen! Denn was wäre man, wenn man nicht den Mut besäße?

Lenore.

Ah, das ist schon mehr. — Vor dem Mute hab' ich Achtung. Aber worin hat sich Ihr Mut bereits bethätigt?

Lothar.

Fragen Sie meine Freunde. Er steht über jeden Zweifel erhaben.

Lenore.

Sie wollen mir sagen: Sie haben sich geschlagen.

Lothar.

Man spricht vor Damen nicht davon.

Lenore.

Und wir erfahren's doch. Wir sind ja dazu da, dem Sieger den Lorbeer zu reichen. Aber, sind Sie vielleicht einmal in der Lage gewesen, für eine übel berüchtigte Ansicht, die Sie aber im Innersten als die Ihrige erkennen mußten, eine Lanze zu brechen?

Lothar (entrüstet).

Wie können Sie glauben? . . . Derartige Ansichten habe ich nicht! —

Lenore.

Oder haben Sie vielleicht je eine unwürdige Verdächtigung schweigend ertragen?

Lothar.

Ich? Schweigend? . . . Im Gegenteil.

Lenore.

Nie?

Lothar.

Nie, mein Fräulein.

Lenore.

Nun, dann weiß man auch über Ihren Mut nichts Gewisses, Herr — darf ich Lieutenant sagen? — Erst erproben Sie ihn, und dann vielleicht mehr davon. (Erhebt sich.)

Lothar (will sie zurückhalten).

Mein Fräulein —

Sechste Scene.

Trast. Robert. Wilhelm. Die Vorigen.

Wilhelm (noch vor der Thür).

Wollen die Herren so lange hier eintreten.

Lenore.

Ah! Endlich! (Eilt Robert mit ausgestreckten Händen entgegen.)

Trast (beiseite).

So stehen die Sachen! (Zum Diener, der durch die hintere Thür rechts hinaus will.) Sie, kommen Sie mal her. (Nimmt ihm eine der Karten aus der Hand und steckt sie in die Tasche.)

Lothar (Robert und Lenore beobachtend).

Was bedeutet das!

Trast.

Meine Karte genügt! Allons! (Diener ab.)

Robert.

Lenore, hier bring' ich Ihnen den Grafen Trast, meinen Gönner und liebsten Freund.

Lenore (sich besinnend).

Gestatten die Herren, daß ich Ihnen Herrn Lothar Brandt vorstelle. — Herr Graf von Trast. Herr Robert Heinecke, mein Jugendfreund. (Verbeugungen.)

Lothar (für sich).

Sie stellt mich dem Bruder der Alma — — — das ist günstig! (Laut.) Die Herrschaften verzeihen, aber meine — Freunde — (schnarrt und stottert).

Trast.

Erwarten Sie — nicht wahr?

Lothar (in Positur, ihn messend).

Ganz recht! (Im Abgehen.) Was für 'ne Sorte von Graf ist das? (Dreht sich in der Thür noch einmal um, grüßt, die Hacken zusammenschlagend, ab.)

Siebente Scene.

Lenore. Robert. Trast.

Lenore (Platz anbietend).

Sie waren lange nicht daheim, Herr Graf?

Trast.

Ich hause seit einem Vierteljahrhundert in den Tropen.

Lenore.

Zu Ihrem Vergnügen?

Trast.

So viel als möglich jedenfalls. Daneben bin ich Spekulant in Kaffee, Gewürznelken und Elfenbein, Elefantenjäger und bei Bedarf auch Elefant.

Lenore (lachend).

In welcher Ihrer Eigenschaften heiß' ich Sie willkommen, Sie vielseitiger Mann?

Trast.

Sie haben die Wahl, mein gnädiges Fräulein.

Wilhelm (zurückkehrend).

Der Herr Kommerzienrat lassen bitten. (Man steht auf.)

Robert.

Ich muß nun —

Trast.

Bleiben mußt du. Ich habe deinen Chef vorerst allein zu sprechen. (Leise.) Keinen Widerspruch. Die hast du mir verschweigen können? (Laut.) Er hat mir zehn Jahre lang in allen Tonarten Ihr Lob gesungen. Ist es nicht billig, daß ich Sie verurteile, zehn Minuten lang auch einiges Gute über mich zu hören?

Lenore (ihm mit dem Finger drohend).

Sie sind ein Schelm.

Trast.

In Ihren Diensten selbst ein Schelm! (Ab.)

Achte Scene.

Lenore. Robert.

Lenore (seine Hände ergreifend).

Endlich hab' ich Sie wieder hier, Robert!

Robert.

Ich danke Ihnen aus Herzensgrunde für jedes gute Wort, Lenore.

Lenore.

Hu, was sind Sie feierlich. — Meine guten Worte sind keine Almosen. Kommen Sie her! (Führt ihn zum Kamin.) Setzen Sie sich — hier ins Warme ... Mir gegenüber. Müssen Sie frieren in dem kalten Deutschland! — Warten Sie, ich fache das Feuer an. (Bläst mit dem Blasebalg hinein.) Man hat nämlich Kamine jetzt ... Sehr unpraktisch, aber plaudern läßt sich davor ... In Indien braucht man keine Kamine, nicht wahr? (Für sich.) Bin ich glücklich! (Laut.) Ach, bin ich froh, Robert! Und nun, da Sie das wissen, heraus mit dem „Aber", das Sie im Hinterhalte liegen haben — ich pariere.

Robert.

Lenore, machen Sie mir das Herz nicht schwer.

Lenore.

Da sei Gott vor.

Robert.

Sie thun's, wenn Sie in dieser Weise fortfahren, mir den Schatten eines Glückes vors Auge zu zaubern, das für immer begraben ist.

Lenore.

O wenn Sie mir nur der Alte geblieben sind.

Robert.

Das bin ich, weiß Gott ... Aber, was hilft's — es liegen ja Abgründe zwischen uns.

Lenore (entmutigt).

Ja — dann!

Robert.

Mein Gott, verstehn Sie mich doch recht. Ich darf ja nicht reden, wie's mir ums Herz ist ... Wissen Sie noch, was Sie mir beim Abschiede ins Ohr sagten?

Lenore.

Nun?

Robert.

Bleibe mir gut, sagten Sie.

Lenore.

So sagte ich? Genau so?

Robert.

Ein solches Wort vergißt man nicht, Lenore.

Lenore.

Genau so? Man hatte uns doch verboten, uns du zu nennen?

Robert.

Aber da thaten Sie's.

Lenore.

Und warum thun wir's heute nicht mehr?

Robert.

Lenore, Sie spielen mit mir.

Lenore.

Sie haben recht, mein Freund. Das schickt sich nicht. Es sieht aus wie Koketterie — und ist doch nur die Freude, Sie wieder zu haben. — Aber Sie zeigen mir deutlich genug, daß unser Kindertraum zu Ende ist.

Robert.

Es muß wohl sein. Ihr Vater hat mich in einer großmütigen Wallung aus der Niedrigkeit emporgehoben ... Was ich denke und fühle, verdank' ich ihm. Damit hab' ich das Recht der Selbstbestimmung verloren. Ich bin ein Höriger dieses Hauses ... Ich habe kein Recht, seiner jungen Herrin nahe zu stehen ... Die Form sei, wie sie wolle ...

Lenore.

Ihr eigener Stolz straft Sie Lügen.

Robert.

Vielleicht ist es gerade mein Stolz, der mich in dieses Joch zwingt.

Lenore.

Und von dem Sie mir kein Titelchen zu opfern
bereit sind?

Robert.

Quälen Sie mich nicht. Es ist ja nicht das allein.
Denken Sie, wie's mir ergeht. Erst in diesem Augenblick,
da ich Ihnen gegenübersitze, find' ich so etwas wie Heimat
wieder. Aber ich wäre ein elender Egoist, wenn ich diesem
Gefühle Raum geben wollte, denn dort hinten auf dem
Hofe haust meine Familie . . . Vater — Mutter —
Schwester . . . Und diese Familie . . . Ach, Lenore, es
geht dort im Hinterhause ein gut Stück anders zu, als
Ihre Güte sich vorstellen mag.

Lenore.

Mein lieber Freund, man braucht nicht erst nach
Indien zu gehen, um den Seinen fremd zu werden.

Robert.

Lenore, Sie auch?

Lenore.

Wir schwiegen besser darüber. Ich stehe tief beschämt
vor Ihnen da. Ich bin ein gut Teil unbändiger als
Sie. All mein Pflichtgefühl hat mich im Stich gelassen.
Mit einer Art von dumpfem Groll, der fast Hochmut
geworden ist, steh' ich den Meinen und allem, was hier
drum und dran hängt, gegenüber, und ich bin sonst wirklich
nicht hochmütig! Sagen Sie mir, was ist das, was
in mir —

Robert.

Stille!

(Mühlingk und Trast hinten rechts.)

Neunte Scene.

Mühlingk. Trast. Die Vorigen.

Mühlingk (von Trast Abschied nehmend).

Also auf morgen mittag, Herr Graf! — Da ist ja

der junge Mann. — Willkommen, willkommen! (Reicht ihm die Hand.) Wollen Sie schon Abrechnung halten?

Robert.

Ich kam nur, mich Ihnen vorzustellen, Herr Kommerzienrat, die Papiere waren noch nicht ausgepackt.

Mühlingk.

Nun, nun, es eilt nicht! Was führt dich her, Lenore?

Lenore.

Sehr einfach, ich wollte Robert „Guten Tag" sagen.

. Mühlingk.

Hm — Aber du weißt doch, daß Mama nach dir gefragt hat. Kommen Sie, junger Mann, ich habe Pläne mit Ihnen, Pläne! Herr Graf, Sie wissen, daß wir vor Ihnen keine Geheimnisse haben.

Trast.

Sie werden ihn besser kennen lernen, wenn er mit Ihnen allein ist. — Ich erwarte dich hier.

Lenore.

Auf Wiedersehn, Robert. (Schüttelt ihm die Hand.)

Mühlingk (strafend).

Hm!

(Mühlingk, Robert ab.)

Zehnte Scene.
Lenore. Trast.

Lenore.

Herr Graf — Sie hörten — ich habe mich zu empfehlen!

Traſt.

Mein gnädiges Fräulein! (Lenore geht zur Thür, er ſieht ihr nach; als ſie ſich noch einmal umdreht, droht er ihr lächelnd mit dem Finger.)

Lenore (befremdet).

Was heißt das, Herr Graf?

Traſt.

Hm! Eigentlich heißt das — (klatſcht in die Hände).

Lenore.

Und was heißt das?

Traſt.

Das heißt: (durch die hohle Hand) Bravo!

Lenore (ſtrenge).

Ich verſtehe Sie nicht, Herr — ah. (Lacht auf, geht reſolut zurück und ſtreckt die Hand aus.) Doch — ich verſteh' Sie!

Traſt
(mit ſeinen beiden Händen die ihre ergreifend).

So war's recht!

Lenore (wieder förmlicher).

Herr Graf!

Traſt.

Mein Fräulein!

(Lenore ab.)

Traſt.

Das iſt ja ein prächtiger Menſch, dieſes Mädchen. Die gönn' ich ihm. Die ſoll er haben.

Elfte Scene.

Kurt. Lothar. Hugo. Traſt (hinten links).

Kurt (zu Hugo).

Nur Mut, Stengelchen. — Komm herein!

Trast (ihn erkennend).

Dann freilich nicht!

Kurt

(erkennt auch ihn, erschrickt, tritt an ihn heran, mit gedämpfter
Stimme).

Sie suchen mich, mein Herr?

Trast.

Nein — aber es freut mich, daß ich Sie finde.

Kurt.

Mit wem hab' ich die Ehre?

Trast.

Graf Trast.

Kurt (befangen, sehr höflich).

Ah! — Wir verdanken Ihren Besuch unserem Herrn
— wohl eine Reisebekanntschaft? — unser Herr —

Trast.

Sie sind der Sohn dieses Hauses?

Kurt.

Pardon. Zu dienen. Natürlich. — Und, nicht wahr,
Herr Graf, wir beide sind Lebemänner genug, um den
Vorfall des gestrigen Abends zu vergessen? —

Trast.

Glauben Sie?

Kurt.

Das Mädchen ist niedlich, das weiß ich am besten.
Ihrem Geschmack, Herr Graf, alle Ehre. Aber Sie sehen
ein, das Recht steht auf meiner Seite. Wir werden, hoff'
ich, nicht rivalisieren.

Trast.

Um so weniger, als der Bruder des Mädchens der
beste Freund ist, den ich besitze.

Kurt

(erſchrickt, faßt ſich, nach kleinem Schweigen).

Was gedenken Sie zu thun?

Traft.

Das weiß ich noch nicht. Gelingt es mir, ihn von ſeinen eingebildeten Verpflichtungen gegen Ihr Haus loszulöſen, und find' ich Sie bereit, Ihre Beziehungen auf der Stelle abzubrechen, ſo darf ich vielleicht ſchweigen —

Kurt.

Und ſonſt?

Traft.

Das iſt dann Herrn Heineckes Sache.

Kurt.

Glauben Sie etwa, daß ich mich mit meinem Commis ſchlagen werde?

Traft.

Mit Ihrem — was? — Ah ſo!

Kurt.

Herr Graf, thun Sie, was Ihnen beliebt.

Traft.

Das iſt meine Gewohnheit. Herr Heinecke befindet ſich augenblicklich bei Ihrem Herrn Vater ... Geſtatten Sie mir, mich noch einige Minuten hier aufzuhalten, um ein Begegnen zwiſchen Ihnen abzukürzen. Ich möchte vermeiden, daß Sie einander die Hand drücken. —

Kurt.

Betrachten Sie dies Zimmer als das Ihre, Herr Graf.

Traft.

Ich danke Ihnen. (Sie trennen ſich. — Traft dreht ſich nach der Wand und beſieht Bilder.)

Kurt (geht aufgeregt nach dem Hintergrunde).

Lothar (zu Hugo).

Was hat er nur mit dem da? Wenn ich mich recht erinnere, gab's einmal bei meinem Regimente einen Grafen Trast, der — ein schlechtes Ende nahm. — Paß mal auf!

Hugo (ängstlich).

Willst du etwa mit ihm anbinden?

Lothar.

Warum nicht? Der Mensch intrigiert mich. — (Nähertretend.) Herr Graf lieben die Einsamkeit?

Trast (sich umwendend).

Allerdings!

Lothar.

Das ist beinahe unhöflich.

Trast (sieht ihn groß an).

Ah! Ihr Ehrgefühl scheint auf einer Messerschneide einherzugehen, Herr — Pardon!

Lothar.

Ich heiße Lothar Brandt und halte es für nötig, hinzuzufügen, daß ich Lieutenant der Reserve im Küraffier= regiment „Kronprinz" bin. —

Trast (sehr liebenswürdig).

Sonst nichts?

Lothar (drohend).

Sonst nichts, Herr Graf?

Trast.

Vergebung. Man dient in der Reserve nur zu Kriegs= zeiten. Als ich hierher kam, hoffte ich in Frieden zu leben.

Lothar.

Sie irren, Herr Graf. Man dient in der Reserve auch bei einer Waffenübung.

Trast.

Brauchen Sie mich zu einer Waffenübung? —

Lothar.

Gestatten Sie mir, Herr Graf, vorerst eine Frage.

Trast.

Mit Vergnügen.

Lothar.

Bei dem Regimente, dem anzugehören ich die hohe Ehre habe, hat vor Jahren ein junger Offizier gestanden, der Ihren Namen trug.

Trast.

So? Das kann ich wohl gewesen sein.

Lothar (scharf).

Derselbe wurde mit schlichtem Abschiede aus der Armee entlassen.

Trast.

Stimmt, stimmt! (Immer liebenswürdig.) Und wenn Sie hiermit, mein werter Herr, den Wunsch ausdrücken wollen, mich auf der Straße nicht zu grüßen — ich entbinde Sie von Ihrem Gruße ... Ich kann ihn entbehren! (Verbeugt sich und ergreift eine Mappe, um darin zu blättern.)

Hugo (begeistert).

So elegant bin ich noch nie abgefertigt worden. (Geht zu Trast mit tiefer Verbeugung.) Gestatten — mein Name ist Stengel.

Trast (sich umwendend).

Beliebt?

Hugo.

Stengel!

Trast

(verbeugt sich liebenswürdig — sie sprechen).

Kurt

(der inzwischen nach dem Vordergrunde gekommen ist, leise zu Lothar).

Mensch, was fällt dir ein? ... Das ist ja die all=
mächtige Firma Trast und Comp. ... Willst du das Ge=
schäft deines Vaters ruinieren? —

Lothar (bestürzt).

Warum hast du mir das nicht früher gesagt?

Kurt.

Jedenfalls müssen wir die Geschichte auf der Stelle
wieder gut machen.

Lothar.

Falls du eine korrekte Form findest!

Kurt.

Verzeihung, Herr Graf — mein Freund bedauert —

Lothar (laut).

Bedauern ist wohl nicht das richtige Wort, lieber Kurt.

Kurt (stotternd).

Nun — er — er —

Trast.

Vielleicht wünscht Ihr Freund die kleine Diskussion
als nicht gewesen zu betrachten?

Lothar.

So weit können wir allenfalls gehen, lieber Kurt.

Trast.

Ich muß versuchen, in Hochherzigkeit gleichen Schritt
zu halten, und — habe denselben Wunsch. —

Kurt.

Der Zwischenfall ist also erledigt.

Lothar.

Und ich gestatte mir, der Freude Ausdruck zu geben, einen Mann, den ich in seinem Wirken seit Jahren hoch= schätze, persönlich kennen zu lernen.

Trast (sehr liebenswürdig).

Sie sehen, Herr Lieutenant, es war nicht überflüssig, Sie nach dem „Sonst" zu fragen. In den Sphären der Bürgerlichkeit verstehen wir beide uns gleich). Meine Herren, Herr Brandt junior, der berufene Erbe der ehren= werten Kolonialwarenhandlung Brandt und Stengel, — wie ich erfahre — mit welcher in Geschäftsverbindung zu stehen, mir ein Vergnügen bereitet, hat mir soeben ein Privatissimum über das Thema „Ehre" gehalten. (Ge= statten Sie, daß ich ihm publice die Antwort gebe. (Setzen sich rechts.) Im Vertrauen gesagt: Es gibt gar keine Ehre! (Erstaunen.) Erschrecken Sie nicht. Es thut nicht weh. —

Lothar.

Und was wir Ehre nennen?

Trast.

Was wir gemeinhin Ehre nennen, das ist wohl nichts weiter, als der Schatten, den wir werfen, wenn die Sonne der öffentlichen Achtung uns bescheint. — Aber das Schlimmste bei allem ist, daß wir so viel verschiedene Sorten von „Ehre" besitzen als gesellschaftliche Kreise und Schichten. Wie soll man sich da zurechtfinden?

Lothar (scharf).

Sie irren, Herr Graf. Es gibt nur eine Ehre, wie nur eine Sonne und einen Gott. Das muß man fühlen, oder man ist kein Kavalier.

Traft.

Hm! — Gestatten Sie, daß ich Ihnen eine ganz
kleine Geschichte erzähle. Auf einer Reise durch Mittel-
asien kam ich in das Haus eines tibetanischen Großen.
Ich war bestaubt und wegmüde. Er empfing mich, auf
seinem Thronsessel sitzend. Neben sich sein junges, lieb-
reizendes Weib. Ruhe aus, Fremder, sagte er, mein Weib
wird dir ein Bad rüsten, und hierauf wollen wir Männer
uns zum Mahle setzen. Und er ließ mich in den Händen
des jungen Weibes. — — Meine Herren, wenn ich je
im Leben Gelegenheit hatte, meine Selbstbeherrschung zu
erproben, so geschah es in jener Stunde. — Als ich die
Halle wieder betrat, was fand ich da? Die Gefolgschaft
in Waffen, dröhnende Stimmen, halbgezückte Schwerter.
Du mußt sterben, ruft mein Gastfreund, du hast die Ehre
meines Hauses tödlich beleidigt, denn du hast das Wert-
vollste, was es dir bot, verschmäht. — Sie sehen, meine
Herren, ich lebe noch, denn schließlich entschuldigte man
mich mit den mangelnden Ehrbegriffen der europäischen
Barbaren. (Man lacht.) Wenn Sie einen unsrer modernen
Ehebruchsdichter sehen, grüßen Sie ihn von mir, und ich
schenk' ihm diesen Konflikt.

(Alle lachen, man geht allgemach nach links hinüber.)

Traft.

Meine Herren, ich wünsche nicht für frivol gehalten
zu werden. Den Rätseln der Gesittung nachzuspüren, ist
sittlich an und für sich . . . Sehen Sie, nun liegt es
außerdem im Wesen der sogenannten Ehre, daß sie nur
von wenigen, einem Häuflein Halbgötter, besessen werden
darf; denn sie ist ein Luxusgefühl, das in demselben Maße
an Wert verliert, in dem der Pöbel wagt, es sich an-
zueignen.

Kurt.

Das aber, Herr Graf, ist paradox. Es ist doch jedem
erlaubt, ein Mann von Ehre zu sein?

Trast.

Im Gegenteil. Dann könnte ja der erstbeste arme Teufel aus dem Hinterhause kommen und die Kavaliers= ehre für sich beanspruchen. (Kurt ist betroffen.)

Lothar.

Wenn er nach ihr handelt, so ist er ein Kavalier.

Trast.

Hm? Ja? Darf ich Ihnen eine zweite, noch kleinere Geschichte erzählen? ... Aber ich fürchte, ich langweile Sie.

Lothar. Hugo (lachend).

Nein — nein!

Trast.

Sie spielt irgendwo in Südamerika, — dort bilden die Spanier die Aristokratie, — die Hefe ist ein Gemisch von Negern, Indianern und allerhand weißem Gesindel. Ein Sprößling dieser unreinen Rasse — er hieß — hm — Pepe — hatte Gelegenheit, in das spanische Mutter= land verpflanzt zu werden und dort an dem echt kastilia= nischen Ehrgefühl ein wenig (haucht über den linken Ellenbogen) abzufärben.

Zwölfte Scene.

Die Vorigen. Robert.

Robert

(tritt unbeachtet aus Mühlings Kabinett und hört zu).

Trast.

Als er nach Jahren zurückkehrt, findet er seine eben erblühte Schwester mit einem jungen Aristokraten allzu innig befreundet ... Meine Herren, entrüsten wir uns nicht. Gemäß ihrer Herkunft war das des jungen Mädchens Be= stimmung. Der junge Bursche aber untersteht sich, den Geliebten zur Rechenschaft ziehen zu wollen, wie wenn er

nicht als Mestize, sondern als Hidalgo auf die Welt gekommen wäre.

Kurt (leise).

Paß auf, das geht auf mich. —

Trast.

Sie sehn, meine Herren, das war Wahnsinn, und
wie einen Wahnsinnigen wies man ihn zurück. Nun erst
entpuppt sich des Burschen wahre Natur. Wie ein Strolch
lauert er dem jungen Edelmanne auf und knallt ihn nieder.
— Er wird verurteilt, und noch unter dem Galgen be-
hauptet der Tölpel — Pepe hieß er ja wohl — er sterbe
für seine Ehre. Meine Herren, ist das nicht einfach
lächerlich?

Robert.

Du irrst, lieber Freund. Dieser Tölpel war in seinem
Rechte. Ich würde nicht anders gehandelt haben.

(Alle stehen auf.)

Trast.

Ah, da bist du ja! (Ihm rasch entgegengehend, leise.)
Du kennst hier niemand. Sieh dich nicht um und komm.
(Drängt ihn zur Thür.)

Robert (leise).

Ist das dort nicht Kurt?

Trast.

Es sind Fremde. Komm. (Laut.) Sie verzeihn,
meine Herren. Wir sind in Eile Leben Sie wohl.

Lothar (zu Kurt).

Jetzt faß' ich ihn. — (Laut.) Gestatten Sie noch eine
Frage, Herr Graf... (Schneidend.) Wenn Sie die Ehre
aus der Welt zu schaffen belieben, was sollen Ehrenmänner
an ihre Stelle setzen?

Trast (sich hoch aufrichtend).

Die Pflicht, junger Mann. — (Leicht.) Freilich, das ist unbequem ... Meine Herren —

Kurt.

Es war unserem Hause eine Ehre, Herr Graf. —

Robert.

Verzeihung! — Sind Sie Herr Kurt Mühlingk?

Kurt.

Das ist mein Name.

Robert (verwirrt).

Wie — und? — —- — Ja, ich vergaß — Sie kennen mich ja gar nicht mehr ... Ich bin ... (will mit ausgestreckter Hand auf ihn zu).

Trast (dazwischentretend).

Du gibst diesem Herrn nicht die Hand.

Robert
(sieht sich wirr um, fixiert Kurt, dann Trast, dann wieder Kurt, schreit auf, dann sich fassend).

Ich bitte um eine Unterredung — Herr Mühlingk — unter vier Augen.

Kurt.

Wie Sie sehn, hab' ich Besuch, aber in einer Stunde steh' ich zu Ihrer Verfügung. —

Robert.

In einer Stunde, Herr Mühlingk!

Trast (für sich).

Er hat rasch begriffen. —

(Trast und Robert zur Thür.)

(Der Vorhang fällt.)

———

Dritter Akt.

(Dekoration des ersten. — Eine Lampe brennt auf dem Tische — Das Tageslicht bricht durch das Fenster. — Im Hintergrunde links ein aufgeschlagenes Bett unberührt. Daneben ein großer Koffer.)

Robert (sitzt, den Kopf in den Händen, vor dem Tische).

Erste Scene.

Frau Heinecke (in Nachtmütze und wollenem Unterrock).

Frau Heinecke.

Guten Morgen, mein Sohn. (Er antwortet nicht.) Erbarmen, er is jar nich ins Bette gewesen! (Tritt, sich die Augen wischend, zu ihm.) Robertchen!

Robert (schrickt empor).

Was gibt's? — Was willst du?

Frau Heinecke.

Jeses, wie du mir anschreist! Und die Zähne klappern dir vor Frost! Willste Kaffee trinken? (Er verneint heftig.) Robertchen, nimm eine jute Lehre an von deine alte Mutter: Wenn der Mensch auch Kummer hat, schlafen muß der Mensch doch; denn das stärkt die Jlieder! (Löscht die Lampe.)

Robert.

Mutter, Mutter, was habt ihr gethan?

Frau Heinecke (weinend)

Wir haben keine Schuld, mein Sohn!

Robert.

Keine Schuld! Mutter!

Frau Heinecke.

Ich hab' ihr ehrbar erzogen. In diesem Hause is ihr nie ein schlechtes Beispiel gegeben worden. — Ich hab' sie zur Schule angehalten und auch konfirmieren lassen, obgleich das nich mehr nötig is ... Vor den Altar is sie getreten in einen neuen schwarzen Ripskleide. Hab' ich ihr gekauft aus 'nen billigen Ausverkauf, und mein eignes Hochzeitstaschentuch hab' ich ihr in die Hand jejeben, und der Herr Prediger sprach so rihrend, so rihrend —

Robert.

Aber wie hast du den Verkehr mit jenem — Menschen dulden können?

Frau Heinecke.

Vielleicht war es jar nich so schlimm!

Robert.

Was verlangst du noch für Beweise? ... Hat er mir mit brutalster Offenheit nicht alles eingestanden? Oder hat Alma etwa zu leugnen versucht? Zum Ueberfluß bin ich dann gestern abend noch im Hause der Michalski gewesen. — Alles war aufs vortrefflichste geordnet. Deine liebe Tochter Auguste hat ihnen ein verschwiegenes Nest hergerichtet, mit Teppichen und Vorhängen und roten Ampeln — sie selbst stand Wache vor der Thür und wurde dafür — bezahlt — hahaha! — — Der Elende war gestern in meinen Händen! Hätt' ich's nur übers Herz gebracht!

Frau Heinecke.

Aber, Robert!

Robert.

Sei still, er hat Genugthuung versprochen. Das wenigstens hab' ich erreicht! Er sah, daß ich zu allem entschlossen war. — Da hat er mir beteuert, er werde bis heute Mittel und Wege finden, eine Genugthuung zu schaffen. Ihr selbst würdet damit zufrieden sein. Ich dachte an die Zukunft des unglücklichen Geschöpfes und ließ ihn laufen.

Frau Heinecke.

Na, ich hab' mir nichts Schlimmes dabei gedacht.

Robert.

Du mußtest es kommen sehen. Was dachtest du dir, wenn er sie spät in der Nacht heimgeleitete?

Frau Heinecke.

Wer schläft, is froh, daß er nich zu denken braucht. Außerdem hatte sie den Hausschlüssel.

Robert.

Aber du konntest dir nicht verhehlen, daß sie, um an seiner Seite heimzufahren, irgendwo in der Stadt mit ihm zusammengetroffen sein mußte?

Frau Heinecke.

Na ja. — Ich dachte: Sie jeht eben mit ihm.

Robert.

Ich verstehe dich nicht.

Frau Heinecke.

Sie jeht mit ihm.

Robert.

Du sagtest schon — aber —

Frau Heinecke.

Wie ein junges Mädchen eben mit einen jungen Manne — jeht.

Robert.

Geht? Wohin geht?

Frau Heinecke.

Ins Konzert oder ins Bierlokal — wenn's Jeld reicht, auch ins Theater, zur Sommerzeit in den Jrunewald oder nach Treptow!

Robert.

Allein?

Frau Heinecke.

Allein! (Schnalzt mit der Zunge.) Ne — mit den jungen Manne! —

Robert.

Ich wollte sagen: ohne Begleitung der Eltern.

Frau Heinecke.

Natirlich! Oder verlangste vielleicht von deine olle Mutter, dat sie auf ihre schwache Benekens hinter des junge Volk herzobbelt?

Robert.

Hm! Also du wußtest, daß sie mit ihm — ging?

Frau Heinecke.

Ne. Ich dachte es mir nur.

Robert.

Und wenn du sie fragtest?

Frau Heinecke.

Wozu fragen? Das gibt unnütze Reberei. Ein Mächen muß von alleine wissen, was es zu thun hat.

Robert.

So, so!

Frau Heinecke.

Aber daß sie — o wer hätte das gedacht! Jesses, wie du zitterst! — Ich muß dir gleich eine warme Stube machen! (Geht nach hinten zum Ofen.)

Robert (für sich).

Kein Ausweg! Keine Rettung! Schande — ein Lebenlang nichts wie Schande!

Frau Heinecke (zur Küche hin).

Vater, bring die Coaks 'rein.

(Kniet vor dem Ofen nieder und scharrt Asche heraus.)

Robert (für sich).

Was für eine Art Genugthuung kann er gemeint haben? Eine Heirat? Hahahaha! — und wenn ich mich ehrlich frage, ich weiß nicht einmal, ob ich sie wünschen darf. — Schließlich bleibt mir das Duell! . . . Wenn er mich niederknallt, bin ich geborgen. Aber — was wird aus diesen hier?

Zweite Scene.

Die Vorigen. Heinecke (in zerrissenem Schlafrock, mit großen Filzschuhen an den Füßen, trägt einen Korb Kohlen herein).

Heinecke (dumpf).

Guten Morgen.

Robert.

Guten Morgen, Vater.

Heinecke (stumpfsinnig brütend).

Ja, ja.

Frau Heinecke.

Brumme nich, Vater! Hilf mir Feuer anmachen!

Heinecke.

Ja, ja! Machen wir also Feuer. (Sie knieen vor dem Ofenloch.)

Robert (für sich).

Und wenn ich ihn töte? Freilich, das wär' Erquickung! Aber die Frage bleibt: Was wird aus diesen hier? Ich fürchte, ich darf mir den Luxus nicht gestatten, so was wie eine Ehre zu haben. (Aufschreiend.) Ah, bin ich schmutzig!

Heinecke.

Fehlt dir was, mein Sohn?

Frau Heinecke (leise).

Wegen die Alma! Er ist jar nicht ins Bette gewesen.

Heinecke.

Ja, ja, die Alma! Dazu ist man in Ehren jrau geworden! Aber ick hab's stets gesagt: Das Vorderhaus wird uns ins Unglück stürzen.

Frau Heinecke.

Vater, weine nicht. (Sie halten sich umschlungen.)

Robert (für sich).

Daß einem das Herz nicht bricht!

Heinecke.

Ah, ick weene nicht! Ick bin der Herr im Hause! Ick weeß, wat ick zu thun habe! — Armer Krüppel hält auch auf Ehre! Mir soll das passieren? Meine Dochter? Die soll wat erleben! (Schwingt die Ofenkrücke.) Meinen Fluch werd' ick ihr jeben. Meinen väterlichen Fluch!

Frau Heinecke (welche die Betten aufräumt).

Na, na!

Heinecke.

Ja du! Du verstehst von Ehre jar nischt. (Schlägt sich auf die Brust.) Da sitzt nämlich die Ehre. Auf die Straße wer' ick ihr stoßen in Nacht und Nebel hinaus.

Robert.

Soll sie da ganz verderben, Vater?

Frau Heinecke.

Laß ihn man reden. Er meint's nich so schlimm.

Robert.

Willst du nicht nach ihr sehn? Sie fürchtet sich wohl, uns vor die Augen zu treten.

Frau Heinecke.

Schlafen wird se.

Robert.

O!

Frau Heinecke (geht an die Kammerthür).

Alma! (Keine Antwort.)

Robert.

Um Gottes willen! Man hätte sie nicht allein lassen sollen.

Frau Heinecke (hat die Thür geöffnet).

Wie ick dir sagte, sie schläft.

Robert.

Sie kann schlafen!

Frau Heinecke.

Wirst du wohl aufstehn, du schlechtes Mädchen?

Heinecke (hinter ihr).

Vorwärts, 'raus, sonst jibt's Wichse!

Robert.

Vater, Mutter, rasch noch, ehe sie kommt! Nehmt euch in acht, zu strenge mit ihr zu sein. Das kann sie leicht verstockt machen.

Frau Heinecke.

Du bist viel klüger, mein Sohn, als deine olle Mutter, aber das versteh' ich besser. Wie ins Korrektions= haus werd' ich ihr halten, wenn mir das Herz auch bricht. — Schuhe putzen, Kartoffeln schälen, Stuben ausfegen, Treppe scheuern, allens muß se.

Robert.

Und wenn sie euch eines Nachts davonläuft?

Heinecke.

Pah, eingeschlossen wird se! — Schlüssel steck' ich in die Tasche! — Wie soll sie da davonloofen?

Robert.

Bedenkt, sie ist ja halb ein Kind! Und andere tragen mehr Schuld als sie! ... Die eigene Schwester! ... Ah! ... Wenn ihr strenge sein wollt, so seid es gegen jene Kupplerin ... Ich hoffe, ja, ich kann's von euch verlangen, daß ihr Alma ein für allemal dem Einfluß ihrer Schwester entzieht und Augusten, wie ihrem Manne, die Thüre weist.

Heinecke.

Sehr richtig! Machen wir reinen Tisch mit die Gesellschaft. Michalski hat mich nu genug geuzt. Da siehst du's, Mutter! Robert muß aus Indien kommen, um es euch zu sagen. Aber ihr habt ja kein Herz für mich alten, braven Mann.

Robert.

Verzeih, Vater! Um dich handelt es sich nicht.

Heinecke.

Janz ejal. — Und Aujuste ist eine Tellerleckerin. Wat sie erraffen kann, sackt se in.

Frau Heinecke (die Schürze vor den Augen).

Aber sie ist auch mein Kind, und ich habe alle meine Kinder jleich lieb!

Robert.

Auch wenn sie deiner Liebe nicht würdig sind, Mutter?

Frau Heinecke.

Dann erst recht!

Robert.

Stille!

Dritte Scene.

Die Vorigen. Alma.

Alma

(in weißer Nachtjacke und weißem Unterrock, mit aufgelöstem Haar,
erscheint zögernd in der Kammerthür und blickt mit scheuen Augen
von einem zum andern).

Heinecke.

Hoho!

Frau Heinecke (die Hände ringend).

Kind, Kind, ist das der Lohn? Hab' ick dir nich
dausend jute Lehren gegeben? Hab' ich dir nich gehalten
wie eine Prinzessin? Aber jetzt ist's aus damit! Wat
stehste da? Hol den Besen! Feg die Stube aus!

Alma

(schleicht mit abwehrend erhobenem Ellbogen an ihr vorbei in
die Küche).

Heinecke

(der aufgeregt im Zimmer auf= und niederstelzt).

Ich bin dein greiser Vater, werd' ick ihr sagen, ich
hab' dir in die Welt gesetzt. — Ja! ein alter, braver
Mann bin ick! Bin ick ooch.

Alma

(erscheint mit Besen und Schaufel in der Küchenthür).

Robert (für sich).

Wie rührend sieht sie aus in ihrer Reue! Und
sie — —!

Frau Heinecke.

Nu, wird's bald?

Heinecke (feierlich).

Alma, meine Tochter, hierher — janz dichte.

Alma.

Bitte, bitte, schlag mich nicht!

Heinecke.

Das ist das wenigste! Ich bin ein alter, braver Mann. Ja! Hier sitzt die Ehre. Weißt du, was ich jetzt gleich werde? — Verfluchen wer ick dir. Wat sagste nu?

Alma.

Geh — laß mich zufrieden!

Heinecke.

Trotzen willste? Aber du sollst mir kennen lernen. Du!

Frau Heinecke.

Vater, halte Ruh' — sie soll arbeiten.

Heinecke.

Wat? Ick soll meine ungeratene Dochter nich verfluchen dörfen?

Frau Heinecke.

Jeh — das kommt ja bloß in den Bichern vor.

Heinecke.

Ha!

Robert.

Liebe Eltern! So geht es nicht weiter. Thut mir's zuliebe und laßt mich eine Weile mit ihr allein. Zieht euch unterdessen an, denn ich vermute, es gibt Besuch.

Frau Heinecke.

Komm, Vater!

Heinecke.

Ick soll meine ungeratene Dochter nich — —! Na warte — (Frau Heinecke zieht ihn mit sich. Beide ab.)

Vierte Scene.

Robert. Alma.

Robert (für sich).

Jetzt werd' ich erfahren, wer sie ist ... und was ich
zu thun hab'. (Weich.) Komm zu mir, Schwester.

Alma.

Mutter hat befohlen, ich soll die Stube ausfegen.

Robert.

Das hat Zeit. (Nimmt sie bei der Hand. Sie schrickt zurück.)
Brauchst keine Angst zu haben ... Ich werd' dich nicht
schlagen. Und verfluchen auch nicht ... Du sollst nur
wissen, daß du von nun an einen guten Freund hast, der
bei dir Wache hält ... treu und nachsichtig.

Alma.

Du bist viel zu gut. — Viel zu gut. — (Sinkt schluchzend vor ihm nieder.)

Robert.

Na, na — nur nicht knieen! ... Setz dich auf die
Fußbank ... so ... (setzt sich auf den Sessel) und richt dich
auf, damit ich dir in die Augen sehn kann. (Versucht
ihren Kopf aufzuheben, sie verbirgt ihn widerstrebend in seinem
Schoße.) ... Du willst also nicht? ... So lieg meinetwegen und weine. Ich werd' dich von diesem Platz nicht
wegweisen. ... Und weinen wirst du noch manchen Tag
und manche Nacht, wenn du erst recht begriffen hast, was
man aus dir gemacht hat ... Sag mal, das siehst du
doch ein, daß dein ganzes künftiges Leben nur der Reue
gehören muß?

Alma.

Ja! Das seh' ich ein ...

Robert (nimmt ihren Kopf in beide Hände).

Ja, ja, Schwester, da hat man sich denn in der

Fremde ein Glück für dich zurechtgebaut ... Zehn volle
Jahre lang ... Und nun werden zwanzig kaum aus-
reichen, um nur dies Elend vergessen zu machen.

Alma.

In zwanzig Jahren bin ich ja alt.

Robert.

Alt? — Was thut das? Für uns beide gibt es
auch heute keine Jugend mehr!

Alma.

O Gott!

Robert (in Erregung aufspringend).

Hab keine Furcht. Wir werden zusammenbleiben.
Wir werden uns in irgend einen Winkel verkriechen, wie's
gehetzte Tiere machen. Ja, das sind wir ... Man hat
uns lustig gehetzt und zerfleischt ... (Alma sinkt mit dem
Gesicht auf den leeren Sitz zurück.) Siehst du, nur wir ein=
ander können uns heilen ... du mich, und ich dich. (Für
sich.) Wie sie daliegt! Heiliger Gott, mir wird immer
klarer, was zu thun ist. — Die Kinderseele, die er in
den Schmutz getreten hat, kann er mir nicht wiedergeben,
und andre Genugthuung brauch' ich nicht! ... Alma!

Alma (sich aufrichtend).

Was?

Robert.

Du liebst ihn wohl sehr?

Alma.

Wen?

Robert.

Wen? Jenen!

Alma.

O ja!

Robert.

Und wenn du ihn ganz verlierst, — fühlst du, daß du dran zu Grunde gehen würdest?

Alma.

O nein!

Robert.

So ist's recht . . . Sei hübsch tapfer . . . Man lernt vergessen . . . Man lernt's . . . (Setzt sich.) Vor allem wirst du wieder arbeiten. Daß es mit dem Singsang zu Ende ist, versteht sich von selbst. Du hast die Schneiderei gelernt . . . Die nimmst du wieder auf. Nur in ein Geschäft gehst du nicht mehr zurück . . . Dort gibt es Verführung und schlechtes Beispiel.

Alma.

Ach ja, die Mädchen sind zu schlecht.

Robert.

Man soll niemand mit Steinen werfen. — Und am wenigsten du! Wohin wir ziehen, weiß ich noch nicht. — Ich bring's nicht über mich, unsere alten Eltern zu verpflanzen, sonst nähm' ich euch mit mir — ganz egal wohin — bloß weit, weit weg, wo du nur mir gehörst. — Mir und der Arbeit. — Denn das kannst du mir glauben: Ein volles Müdewerden ist schon ein halbes Glücklichsein. — Die Eltern werden natürlich bei uns wohnen. Und du sollst mir helfen, für sie zu sorgen. — Neben der Schneiderarbeit wirst du waschen und kochen. — Wirst sie pflegen und ihre Launen ertragen. Willst du das?

Alma.

Wenn du willst.

Robert.

Nein, du mußt wollen. — Mit freudigem Herzen. Sonst ist kein Segen dabei. — Ich frag' dich noch einmal: Willst du?

Alma.

Ja. — Von morgen ab will ich alles. —

Robert.

So ist's recht. — Aber warum erst von morgen ab und nicht schon heute?

Alma.

Weil ich heute noch —

Robert.

Was denn?

Alma.

Ach bitte, bitte!

Robert (freundlich).

Heraus damit!

Alma.

Ich möchte — heute noch — gar zu gerne — auf den Maskenball gehen.

(Langes Schweigen. Stummes Spiel . . . Er steht auf und geht im Zimmer auf und nieder.)

Alma (aufstehend).

Ja, darf ich?

Robert.

Rufe die Eltern! —

Alma.

Also ich darf nicht? (Weinerlich.) Nicht einmal das? Nicht einmal zum Abschied soll man ein kleines Vergnügen haben?

Robert.

Weißt du, was du sprichst? Du — — —

Alma (trotzig).

Ich weiß janz jut, was ich spreche . . . Ja, bin jar nicht so dumm! Ich kenn' das menschliche Leben . . .

Warum haste dich so? ... Ist das nicht ein Unsinn, daß man hier sitzen soll wegen jar nischt? — Kein' Sonn', kein Mond scheint 'rin in so 'nen Hof. — Und rings um einen klatschen se und schimpfen! ... Und keiner versteht was von Bildung ... Und Vater schimpft und Mutter schimpft ... Und man näht sich die Finger blutig! ... Und kriegt fünfzig Pfennig pro Tag ... Das reicht noch nicht 'mal zu's Petroleum ... Und man ist jung und hübsch! ... Und möcht' jern lustig sein und hübsch an= gezogen jehn ... Und möchte gern in andre Sphären kommen ... Denn ich war immer fürs Höhere ... Ja, das war ich ... Ich hab' immer gern in de Bücher ge= lesen ... Und wegen's Heiraten! Ach, du lieber Gott, wen denn? — So einen Plebejer, wie sie da hinten in de Fabrik arbeiten, will ich jar nich ... Der versäuft doch bloß den Lohn und schlägt einen . . Ich will einen feinen Mann, und wenn ich den nicht kriegen kann, will ich lieber jar keinen ... Und Kurt ist immer fein zu mir gewesen ... Da hab' ich keine ruppigen Worte ge= lernt ... Die hab' ich hier im Haus' gelernt. Und ich will 'raus hier. Ich brauch' dich überhaupt nicht mit deine Wachsamkeit ... Mädchen, wie ich, jebt nich unter!

Robert (will auf sie los, besinnt sich aber).

Rufe die Eltern!

Alma.

Und jetzt frag' ich Vatern, ob ich nicht ... (Da er drohend auf sie zustürzt.) Ja, ja, ich geh' schon! (Ab.)

Robert (allein).

So. — Also das ist sie! Ah, was für ein weich= licher Narr ich war! ... Fing schon an, mir diese Ge= meinheit mit Wehmut und Poesie zu überzuckern. — Das kann Verführung nicht! ... Das hat im Blut gelegen. So, jetzt heißt's handeln. Pietätlos — roh, meinetwegen. — Sonst ist alles verloren! —

Fünfte Scene.

Robert. Heinecke. Frau Heinecke. Alma.

Frau Heinecke (Alma vor sich herschiebend).

Heinecke (mit vollen Backen).
Diese Unverschämtheit!

Frau Heinecke.
Maskenbälle kosten Jeld. Jetzt wird zu Hause geblieben.

Heinecke.
Hast du meinen Fluch verdient oder nich? Ich ver-
fluch' dir doch noch mal, du Kröte!

Robert.
Alma, geh hinaus. Ich habe mit den Eltern zu reden.

Frau Heinecke.
Und schlampe nich so 'rum ... Zieh dir ein Kleid
über. Das jraue mit be Flicken.

Alma.
Das olle?

Heinecke.
Raus!

Frau Heinecke.
Und daß du mir keinen Kaffee trinkst. Na, na, heule
nich! (Leise.) Er steht auf 'n Herb!

(Alma ab.)

Sechste Scene.

Heinecke. Frau Heinecke. Robert.

Robert.

Vater, Mutter — seid mir nicht böse — Ich muß
euch — in euerm Leben muß — und wird — eine große
Umgestaltung vor sich gehn.

Heinecke.

Was is los?

Robert.

Ich habe mich überzeugt, daß Alma rettungslos verderben muß, wenn sie nicht in Verhältnisse gebracht wird
— die nicht einmal die Möglichkeit zu einer Rückkehr in
ihr bisheriges Leben gestatten. — Aber was soll aus euch
werden? — Allein dürft ihr hier nicht bleiben ... Sonst
würdet ihr der Gier der Michalskis zum Opfer fallen. —
Kurz und gut ... ihr müßt mit mir gehn ...

Frau Heinecke (entsetzt).

Nach Indien?

Robert.

Ganz egal, wohin. Vielleicht auch nach Indien.
Der Einfluß Trasts reicht weit. Wir sind in der Lage,
wählen zu können.

Heinecke (trotzig).

Wenn schon, dann gleich nach Indien.

Frau Heinecke.

Mir geht der Kopf auseinander.

Robert.

Es wird euch schwer ... Ich seh' ja das ein. Aber
verzagt nicht. Es scheint nur so schlimm. Man lebt in
den Tropen tausendmal bequemer als daheim. Ihr werdet
Diener haben, so viel ihr wollt.

Heinecke.

Poßtaufend.

Robert.

Und euer eigenes Haus!

Heinecke.

Und Palmen?

Robert.

Mehr, als ihr brauchen könnt.

Frau Heinecke.

Und die schönsten Siebfrüchte pflückt man sich von
de Bäume?

Robert.

Man läßt sie sich pflücken.

Frau Heinecke.

Und koften nischt?

Robert.

So viel wie nichts.

Heinecke.

Und die Popejeien fliegen so 'rum? Und die Affen —
wie im Zoolog'schen?

Robert.

Also ihr willigt ein?

Frau Heinecke.

Wenn du meinst, Vater?

Heinecke.

Na, also meinetwegen — wir kommen mit!

Robert.

Ich dank' euch! — Ich dank' euch! (Beiseite.) Gott

sei gelobt, daß ich sie nicht zu zwingen brauchte! (Laut.)
Und nun keine Zeit verloren! Wo ist Feder und Papier?

(Heinecke kratzt sich nachdenklich den Kopf.)

Frau Heinecke.

Alma hat sie wohl! (Sie geht in die Kammer.)

Heinecke.

Natürlich. Die schreibt ja immerzu Briefe. (Schließt
die Ofenthür.)

Robert

(für sich, mit einem Seufzer der Erleichterung).

Ah! — Nun bin ich doppelt begierig auf die Genug=
thuung, die er anbieten wird, und die ich — ablehnen
werde. — Ablehnen, wie das Duell. — Sie werden mich
feige und ehrlos schelten! Ach, was! Ich brauche ihre
Ehre nicht, ich habe den Meinen Brot zu schaffen.

Frau Heinecke (zurückkehrend).

Auf 'n Tisch ist alles zurechtgelegt. — Oder willst
du hier —?

Robert.

Nein, nein! Dort bin ich ungestört!

Frau Heinecke.

Du siehst müde aus. Du solltest ein Stündken ruhen.

Robert (schüttelt den Kopf).

Wenn Herr Mühlingk junior Nachricht sendet —
oder sich selbst bemüht, so ruft mich. (Ab.)

Siebente Scene.

Heinecke. Frau Heinecke.

Frau Heinecke (auf einen Stuhl sinkend).

Nach Indien!

Heinecke.

Uns alte brave Leute rund um die Erdkugel zu schleppen.

Frau Heinecke (zum Fenster zeigend).

Herr Jeses!

Heinecke.

Was jibt's?

Frau Heinecke.

Michalskis.

Heinecke.

Was? Die! (Knöpft den Rock zu.) Die sollen mir kommen.

(Es klopft.)

Beide (leise).

Herein!

Achte Scene.

Die Vorigen. Auguste. Michalski (mit einem Päckchen.)

Michalski.

Morgen!

Frau Heinecke.

Pst!

Heinecke (mit der Faust drohend).

Ihr seid mir! — Macht, daß ihr 'raus kommt!

Auguste (setzt sich).

Es ist recht frisch heute früh.

Michalski
(setzt sich und wickelt eine Flasche aus).

Hier den Likör ha' ich dir mitgebracht. — Was Extrafeines. — Hol mal den Proppenzieher.

Frau Heinecke.

Ein anderes Mal! Wir sollen euch ja vor de Thüre setzen.

Auguste.

Wer sagt das?

Frau Heinecke.

Pst! Robert!

Auguste.

Was? In eurem eigenen Hause laßt ihr euch Vorschriften machen?

Heinecke (leise).

Pst! Er sitzt ja in be Kammer.

Auguste (mitleidig).

Der arme Vater. Er zittert vor Angst.

Michalski.

Olle, brave Leute so in Angst zu setzen. Der Schuft!

Frau Heinecke.

Er ist kein Schuft! Er is ein jutes Kind und sorgt für uns.

Heinecke.

Wenn er uns ooch nach Indien schleppen will.

Beide.

Wa? Wohin?

Frau Heinecke.

Nach Indien!

Auguste.

Warum denn?

Frau Heinecke.

Bloß, weil die Alma hat uf'n Maskenball jehen jewollt.

Michalski.

Verrückt?

Frau Heinecke.

Seine paar Möbel, die einem das Heim so freundlich gemacht haben, muß man elendig im Stiche lassen.

Auguste (sentimental).

Und mir Aermste laßt ihr nu ooch im Stiche! Werdet ihr sie verkaufen?

Frau Heinecke.

Die Möbel? (Auguste nickt.) Wir müssen!

Auguste.

Auch die Spiegel und die Fauteuils? (Frau Heinecke bejaht. — In Rührung.) Ich an eure Stelle, anstatt sie für ein Butterbrot zu verschleudern, würde sie eurer einsam zurückbleibenden Tochter zum Andenken jeben. Da wäret ihr doch sicher, daß man sie in Ehren hielte.

Frau Heinecke
(mißt sie mit mißtrauischem Blicke, dann heimlich zum Alten).

Vater, se will schon die Fotölchs.

Auguste (einlenkend).

Oder, wenn ihr sie doch verkaufen wollt, so sind wir immer diejenigen, die euch die höchsten Preise zahlen. Damit's in be Familie bleibt.

Heinecke.

Aber noch sind wir nicht weg!

Michalski.

Ich an eurer Stelle —

Frau Heinecke.

Wat sollen wir thun? Wir sind nu janz von ihm abhängig. Wenn er befiehlt, müssen wir folgen, oder sollen wir euch zur Last liegen?

Auguste.

Wir haben alleine nich das Sattessen.

(Es klopft.)

Neunte Scene.

Die Vorigen. Der Kommerzienrat.

Alle
(fahren erschrocken durcheinander).

Mühlingk.

Guten Tag, lieben Leute. Ist Ihr Sohn zugegen?

Heinecke (devot).

Jawoll!

Frau Heinecke (öffnet die Thür).

Robert! (Zärtlich.) Liebes Jotteken, er ist auf 'n
Stuhle eingeschlafen ... hat nämlich kein Auge geschlossen
diese Nacht ... Robertchen, der Herr Kommerzienrat! ...
Schläft janz fest.

Mühlingk (freundlich).

So? ... Um so besser! — Wecken Sie ihn nicht!

Heinecke.

Mach die Düre zu!

Frau Heinecke (leise).

Aber hat er nicht gesagt — —

Heinecke.

Wenn der junge Herr Mühlingk kommt, hat er gesagt — (schließt leise die Thür).

Auguste
(zu Michalski, mit der Gebärde des Geldzählens).

Paß mal uf!

Mühlingk

(der sich in der Stube umgeschaut hat).

Das sieht ja recht wohlhabend hier aus, lieben Leute!

Heinecke (mit Würde).

Belieben der Herr Kommerzienrat Platz zu nehmen auf diesen Fotölch?

Mühlingk.

Ei ei, lauter Seide?

Frau Heinecke.

Ja, es is lauter Seide.

Mühlingk.

Wohl ein liebes Geschenk?

Frau Heinecke (zögernd).

So zu sagen!

Mühlingk (harmlos).

Von meinem Sohne?

Heinecke.

Jawohl!

Frau Heinecke.

Pst!

Mühlingk (beiseite).

Schlingel! (Laut.) Beiläufig: Ihr lieber Sohn hat sich nicht gerade gebührlich gegen den meinen benommen. Offen gesagt: Ich hatte andern Dank erwartet! Sie können ihm mitteilen, daß er entlassen ist, und daß ich bis vier Uhr nachmittags seine Abrechnung erwarte.

Frau Heinecke.

Das wird ihm aber leid thun!

Heinecke.

Er hat den Herrn Kommerzienrat geliebt wie seinen eignen Vater.

Mühlingk.

So? Das freut mich. — Doch deshalb kam ich nicht, lieben Leute. Sie haben eine Tochter.

Auguste (sich vordrängend).

Ufzuwarten!

Mühlingk.

Womit kann ich dienen?

Auguste (devot).

Ick bin die Dochter!

Mühlingk.

So? — Sehr brav — sehr brav! Aber Sie mein' ich nicht. Das Fräulein heißt Alma!

Frau Heinecke.

Janz richtig. Und ohne zu lügen, sie ist ein hübsches Mächen!

Heinecke.

Und talentvoll! Wir lassen sie für den Gesang aus-bilden!

Mühlingk.

Ah! Es ist immer erhebend zu sehn, wenn Kinder ihren Eltern Freude machen. Nur eins will mir nicht gefallen: Ihre liebe Tochter hat den Aufenthalt, den ich Ihnen seit siebzehn Jahren in meinem Hause gewähre, dazu benutzt, um mit meinem Sohne zarte Beziehungen anzuknüpfen. Offen gesagt: Ich hatte andern Dank er-wartet.

Frau Heinecke.

Aber Herr Kommerzienrat!

Mühlingk.

Um jedes Verhältnis zwischen Ihrem Hause und dem meinen aus der Welt zu schaffen, biete ich Ihnen ein Abstandsgeld, das Sie, mein wackrer Herr Heinecke, mit Ihrer Tochter Alma zu teilen haben würden, dergestalt, daß die eine Hälfte ihr als Heiratsgut zufällt, sobald sich jemand findet, der — (lächelt diskret). Nun, Sie verstehn mich wohl. Bis dahin würde die Nutznießung des Ganzen Ihnen verbleiben. Sind Sie einverstanden?

Auguste (leise hinter ihm).

Sag ja — ja.

Heinecke.

Ich — ich --

Mühlingk.

Ich habe die Summe ungewöhnlich hoch bemessen, um ein unbedachtes Versprechen einzulösen, das Ihr lieber Sohn gestern dem meinigen abzunötigen mußte ... Sie beläuft sich auf (zögert und schluckt) fünfzigtausend Mark.

Heinecke (mit einem Aufschrei).

Jesus, Herr Kommerzienrat, ist das Ihr Ernst?

Frau Heinecke.

Mir wird schwach! (Sinkt in einen Stuhl, von Auguste unterstützt.)

Mühlingk (beiseite).

Ich habe zu hoch taxiert! (Laut.) Ich frage Sie noch . einmal, sind Sie mit vierzigtausend Mark zufrieden?

Michalski.

Ich denke, es waren —

Auguste (ihn stoßend, leise).

Sag ja — rasch -— sonst zieht er noch mehr ab!

Heinecke.

Ich kann's nicht glauben, Herr Kommerzienrat. Auch

diese vierzig! So ville Jeld jibt's nicht ... Das ist Unsinn. Zeigen Sie mir das Jeld.

Mühlingk.
Es liegt an der Kasse für Sie angewiesen.

Heinecke.
Und der Herr Kassierer wird nicht sagen: Setzt den alten Kerl vor die Düre — er ist übergeschnappt? — O, er kann recht eklig sind gegen uns arme Leute, der Herr Kassierer.

Mühlingk
(hat ein Checkbuch hervorgezogen, schreibt eine Ziffer und reißt das oberste Blatt ab, das er Heinecke überreicht. Alle studieren eifrig den Schein).

Heinecke.
Vierzigtausend! Immer noch furchtbar nobel ... Herr Kommerzienrat! Geben Sie mir Ihre Hand.

Mühlingk (steckt die Hand in die Tasche).
Noch eins: Morgen abend wird ein Möbelwagen vor Ihrer Thüre halten, und zwei Stunden später werden Sie freundlichst meinen Grund und Boden verlassen haben. Hernach hör' ich wohl nichts mehr von Ihnen. —

Heinecke.
Sagen Sie das nicht, Herr Kommerzienrat! Wenn Ihnen der Besuch eines alten, braven Mannes nicht lästig fällt, so mach' ich mir manchmal das Vergnügen. Ja, ein alter, braver Mann, das bin ich!

Mühlingk.
Natürlich! Adieu, liebe Leute! (Beiseite.) Pfui! (Ab.)

Zehnte Scene.

Heinecke. Frau Heinecke. Auguste. Michalski.

Heinecke.

Mutter! Vierzigtausend! (Michalski will ihn umarmen.) Drei Schritt vom Leibe, mein Sohn! (Sucht in den Taschen, findet ein Schnupftuch, breitet es auf dem Knie aus, legt den Schein hinein, faltet das Tuch sorgfältig darüber und steckt es in die Brusttasche.) So, jetzt kannste zärtlich sein!

Frau Heinecke.

Mir ist weh vor Freuden! (Sie umarmen sich weinend.) Wenn ich bedenke: Ich brauch' nu nich mehr ohne Jeld uf'n Marcht zu gehen, un wenn mir friert, kann ich nachmittags ohne schlechtes Gewissen noch einmal einheizen — düchtig! — Und abends essen wir kalten Ufschnitt.

Heinecke.

Und ich kann Pferdebahn fahren, so viel ich will.

Michalski.

Genau vierhunderttausend Mal à zehn Pfennige.

Frau Heinecke.

Und das Kanapee schenkst du mir ooch!

Auguste.

Nach Indien geht ihr aber nu nich?

Frau Heinecke.

Um Jesu willen!

Heinecke.

Bist wohl doll!

Auguste.

Und wat werden Herr Robert denn dazu sagen?

Frau Heinecke (freudig).

Ja, Robert! (Will zur Kammerthür.)

Auguste (hält sie zurück).

Ich rate dir, laß ihn schlafen. Der erfährt's zeitig
genug.

Frau Heinecke (erschrocken).

Wie meinste das?

Heinecke
(zupft seine Frau am Rockschoß, zeigt nach der Küchenthür).

Aber die da! ... He he!

Frau Heinecke.

Das arme, liebe Kind!

Heinecke (geheimnisvoll).

Wir woll'n se iberraschen. — Pscht!

Alle
(schleichen auf Zehenspitzen zur Küchenthür).

Heinecke
(der vorangeht, stößt die Thür auf — ein Schrei ertönt. — Heinecke
verdutzt, fährt zurück).

Nanu? — Mutter, wat's nanu?

Frau Heinecke·
(schlägt die Hände über dem Kopf zusammen).

Herr Jeses!

Michalski
(ihnen über die Schulter sehend).

Potz — Deibel!

Heinecke (mit angenommener Strenge).

Nu kommste mal her!

Almas Stimme (ängstlich).

Ach bitte — nein!

Heinecke.

Wird's bald?

Elfte Scene.

Die Vorigen. Alma.

Alma

(erscheint in indischem Prachtkostüm, die Hände schamhaft vors Gesicht geschlagen. Alle laufen mit verstecktem Lachen und Ausrufen der Bewunderung um sie herum. Auguste befühlt den Stoff).

Auguste.

Das indische Kleed!

Michalski.

Von die splitternacktigte Prinzessin.

Alma.

Ich — hab's — bloß — anprobieren wollen. — Ich werd's gleich ausziehn.

Frau Heinecke (sie vorsichtig herzend).

Ach, Jotte — wie so'n Engelken!

Alma.

Ihr seid mir nicht mehr böse?

Heinecke.

Beese? (Sich besinnend, strenge.) Das heißt, eigentlich sehr. Aber wir wollen noch einmal Jnade vor Recht ergehn lassen. (Sich umwendend.) Das hab' ich fein ge= macht? Wie?

Frau Heinecke
(streichelt ihre Locken und führt sie nach rechts).

Komm! Setz dir nieder! Nein, hier auf'n Fotölch.

Alma.

Auf dem — — Was ist geschehn?

Heinecke.

Hehe!

(Alle setzen sich um sie herum.)

Alma.

Und darf ich heute auf den Maskenball?

Heinecke.

Ja, du darfst auf den Maskenball!

Auguste (ironisch).

Das arme Kind!

Heinecke (aufspringend).

Ich muß mal sofort uf die Kasse.

Michalski (der die Likörflasche aufkorkt).

Warte! Ein Glück will angefeuchtet sind, damit es kleben bleibt. Alma, hole Gläser!

Frau Heinecke (aufspringend).

Laß das liebe Kind sitzen. Das besorg' ich! (Geht zum Wäscheschränkchen und holt ein Gestelle mit Likörgläsern. Zu Auguste.) Was meintest du vorhin mit Robert? —

Auguste.

Wirst schon sehn!

Frau Heinecke.

Er kann doch uns armen, alten Leuten unser bisken Glück nich mißgönnen? —

Michalski (singt, das Glas erhebend).

So leben wir, so leben wir —

Frau Heinecke.

Still! Um Gottes willen!

(In der Kammer poltert ein Stuhl.)

Michalski.

Meine Herrschaften! Fräulein Alma Heinecke, unser Glücksfind, und vor allem das Haus, das sich immerhin nobel erwiesen hat —

Heinecke.

Das Haus Mühlingk soll leben, hoch!

Zwölfte Scene.

Die Vorigen. Robert (erscheint in der Kammerthür).

(Alle wiederholen das Hoch zweimal.)

Frau Heinecke (erschrocken).

Da is er!

(Verlegenes Schweigen.)

Michalski (frech).

'n Morgen, Schwager!

Robert.

Willst du mir nicht erklären, Mutter, wie kommen diese beiden Leute dazu, sich an unsern ehrlichen Tisch zu setzen?

Michalski.

Oho!

Heinecke.

Sei nicht so ungemüthlich!

Frau Heinecke (geht zu ihm nach links).

Robertchen, der Mensch soll nicht stolz sein, am wenigsten gegen sein Fleisch und Blut.

Robert.

Hm — Alma, was ist das? Wer hat dir gestattet —

Heinecke.

Und damit du's weißt: Auf Indien mach dir keene Hoffnungen. Ich zieh' es vor, meine Jelder in Deutsch= land zu verzehren.

Robert (faſſungslos).

Was ist hier vorgegangen?

Frau Heinecke.

Rede du, Vater, denn dir ist der Schein gegeben worden.

Robert.

Welcher Schein?

Heinecke (ſich in Poſitur ſetzend).

Mein Sohn! — Man ſieht es manchem Mann nich an, was er is . . . Er trägt es gewiſſermaßen in ſich . . . Darum ſoll man Achtung vor ihm haben, denn man kann nie wiſſen, was unter ſo einem ſchlichten Rocke verborgen iſt . . . Biberpelze kann jeder tragen.

Robert.

Willſt du mir nun endlich erklären — —

Heinecke.

Erklären? — Wat is da viel zu erklären . . . Sieh mir nich ſo an. Wat ſieht er mir ſo an, Mutter? . . . Das brauch' ich mir nicht mehr gefallen zu laſſen! . . .

Frau Heinecke.

Nu rede doch ſchon.

Heinecke.

Alſo, wie geſagt, janz einfach: der Kommerzienrat war hier.

Robert.

Der — — Warum habt ihr mich nicht geweckt?

Heinecke.

So? ... Erstens: Weil's nicht der junge Herr Mühling war. Wenn **dein** Freund kommt, kannst du ihn ja in Empfang nehmen. Der **alte** Herr ist mein Freund ... Wir haben versprochen, uns künftig zu besuchen ... Und zweitens: Weil ich mir von meinen Söhne keine Vorschriften machen lasse ... Jetzt ist's aus damit ... Verstanden?

Frau Heinecke.

Aber, Vater!

Heinecke.

Komm mir nich zu nahe, wenn ich meinem Sohne väterliche Ermahnungen gebe. Ich lasse jetzt nich mehr mit mir spaßen. —

Michalski (hinter ihm).

So ist's recht!

Robert.

War von Alma die Rede?

Heinecke.

Erstens war von dir die Rede. Du bist aus seinem Dienst entlassen — wegen ungebührlichen Benehmens. Offen gesagt, ich hatte andern Dank erwartet.

Robert.

Du?

Heinecke (strenge).

Ja, ich, dein alter, braver Vater ... Mir ist es nicht ejal, wenn meine Söhne als stellenlose Commis in de Welt 'rumloofen. Und bis vier Uhr nachmittags sollst du ihm die Abrechnung schicken, sonst jeht's dir schlecht!

Robert (will auffahren, bezwingt sich aber).

Sprechen wir von Alma! Hat er uns Genugthuung angeboten? —

Heinecke.

Natürlich! Vollständigste!

Robert
(zögernd, wie einer, der fühlt, daß er eine Dummheit sagt).

Also — die Heirat?

Heinecke.

Welche Heirat?

Robert.

Zwischen seinem Sohne — und

Heinecke.

Bist wohl doll!

Robert (auffahrend, angstvoll).

Was sonst?

Heinecke (schlau, leise, nach seinem Ohre hin).

Volle vierzigtausend Mark! (Laut.) Nobel — was?

Robert (mit gellendem Aufschrei).

Geld?

Frau Heinecke (erschrocken).

Jesus, ich hab's mir gedacht!

Robert.

Geld!

Heinecke.

Jawohl! Hier steckt's! So gut wie bar.

Robert.

Wie? Du hast es genommen?

Heinecke (verwundert).

Na?

Robert.

Er bot dir Geld an, und du nahmst es? (Er dringt, außer sich, auf ihn ein.)

Michalski (springt dazwischen).

Ich rate dir, laß den alten Mann zufrieden.

Robert
(taumelt zurück, ohne ihn zu beachten).

Mutter! Ihr nahmt?

Frau Heinecke (die Hände faltend).

Wir sind arme Leute, mein Sohn!

(Robert sinkt mit verzweifeltem Lachen in den Arbeitsschemel. Michalski und Auguste um den Alten beschäftigt. Alma sitzt lächelnd, mit ge= falteten Händen in dem Sessel.)

Frau Heinecke (beiseite).

Jott steh ihm bei! Es ist nicht richtig bei ihm! (Legt die Hand auf seine Schulter.) Mein Sohn, nimm eine jute Lehre an von beine alte Mutter: Man soll sein Jlück nich mit Füßen treten, denn Hoffart stirbt auf dem Stroh!

Robert.

Das wäre nicht das Schlimmste, Mutter! ... Auf dem Stroh ... am Grabenrand will ich sterben ... Verrecken will ich, wie ein Hund! — Nur gebt das Geld zurück! ... Seht mal, ich will ganz ruhig, ganz ver= nünftig mit euch reden. — Ich will euch an den zehn Fingern beweisen, daß ihr es thun müßt. — Jene haben uns in Schande gebracht. — Gut. — Aber wir waren ohne Schuld. — Wir brauchten uns vor niemandem zu schämen. — Man kann mir meine Ehre stehlen, wie man mir mein Portemonnaie stiehlt. — Dagegen ist man wehr= los. — Aber wenn wir uns unser bißchen Ehre bezahlen lassen — mit barem Geld — dann sind wir ehrlos ge= wesen von jeher. Und dann geschieht uns recht — (Heinecke dreht sich nach Michalski um, der zeigt mit dem Finger nach der Stirn.) Mein Gott, ich seh' ja alles ein. — Ich mach' euch keine Vorwürfe. Wahrhaftig nicht. — Ihr seid arm und war't es von jeher. — So ein elendes Stück Leben,

das nichts ist, wie Angst ums tägliche Brot, macht Einsicht und Würde zu Schanden. Und nun laßt ihr euch
durch das bißchen Gold verblenden. — Aber das glaubt
mir, Freude werdet ihr nie daran haben. — Nichts wird
euch bleiben, als der Ekel. — (Würgend.) Ach, der Ekel!
— Man erstickt ja darin! —

Frau Heinecke.

Einem wird janz kalt bei diesem Gerede.

Heinecke.

So is mein Sohn!

Robert.

Und glaubt doch nicht, daß es euer Schade sein wird,
wenn ihr mir folgt. Seht mich an. Ich hab' doch was
gelernt, nicht wahr? . . . Ich bin doch gesund, nicht
wahr? . . . Ich bin doch nicht verwahrlost, nicht wahr?
Die paar Jahre, die euch noch zu leben übrig bleiben,
könnt ihr mir doch ruhig anvertrauen, nicht wahr? Seht,
ich will ja nichts, als für euch arbeiten! . . . Reich will
ich euch machen! . . . Reich! . . . Ihr könnt mit mir
thun, was ihr wollt. Euer Sklave, euer Packesel will ich
sein. Aber gebt das Geld zurück!

Heinecke.

Das ist allens janz schön und jut. Aber die Taube
in be Hand ist mir lieber, als . . . Wollt' ich sagen . . .

Michalski.

Stimmt schon, Vater.

Heinecke.

Wahrhaftig, et stimmt! . . . Also mein Sohn, jeh
du hübsch auf die Sperlingsjagd, ick behalte meine Taube
und werde ihr gleich versilbern jehn!

Michalski.

Bravo!

Robert.

Und du, Mutter?... (Sie wendet sich ab.) Auch du!... Mein Gott, was kann ich noch?... Alma, es handelt sich um dich!... Ich will dir alles abbitten! Aber hilf du mir. (Ergreift sie bei der Hand, sie sträubt sich, er zieht sie nach der Mitte.) Du hast dich verschenkt! Meinetwegen denn!... Mag das dein Recht sein. Aber du verkaufst dich nicht!... Deine Liebe ist nicht dazu da, daß man damit auf die Märkte fährt! Alma, sag ihnen das!

Alma (trotzig).

Laß mich los!

Auguste.

Er bricht dem Kinde die Arme entzwee.

Alma.

Du hast mir gar nichts mehr zu sagen!
(Macht sich los.)

Robert.

Schwester!

Alma.

Und auf den Maskenball geh' ich doch! Frag nur die Mutter!

Robert.

Mutter!

Frau Heinecke.

Warum soll das arme Kind nicht auch einmal ein kleines Vergnügen haben?

Robert (vernichtet).

Also so weit sind wir!

Michalski (sich in den Sessel setzend; höhnisch).

Ja, so weit sind wir.

Robert.

Ah, du Kuppler. Auf, von deinem Sitz! (Da Michalski sich nicht rührt, packt er den Sessel an der Lehne.) Auf, sag' ich! Und hinaus mit dir! Hinaus, ihr alle beide!

Michalski (auf ihn eindringend).

Nu wird's mir aber zu bunt!

Robert (der den Sessel gepackt hält).

Wag's, dich an mir zu vergreifen!

Frau Heinecke (wirft sich dazwischen).

Du wirst mir noch den Fotölch zerschlagen.

Robert.

Der kommt ja wohl aus dem Vorderhause, da ihr ihn so in Ehren haltet?

Frau Heinecke.

Natürlich!

Robert.

Von dem lieben Herrn Kurt? Nicht wahr?

Frau Heinecke.

Nu ja doch!

Robert (mit wildem Lachen).

Da habt ihr ihn! (Stößt ihn auf den Fußboden, daß er zerschellt, wirft ihnen die Trümmer vor die Füße.)

Frau Heinecke (weinend).

Mein schöner Fotölch! (Kniet nieder und sammelt die Stücke, die sie nach links hinüberträgt. Dann sinkt sie auf den Schemel.)

Heinecke.

Nu wird's mir aber zu ungemietlich! (Will rechts hinaus.)

Robert (verlegt ihm den Weg).

Gibst du den Sündenlohn zurück? Ja oder nein?

Heinecke.

Fällt mir nicht ein!

Robert.

Dann bin ich fertig mit dir! Und auch mit dir, Mutter . . . Da ist man also in die Welt gesetzt worden und hat die Ehrlosigkeit gleich mitbekommen wie ein Muttermal. Nun gut! . . . Wenn ich durchaus geschaffen werden mußte, warum ließt ihr mich nicht in dem Kote, in den ich hineingehöre? . . . In dem ich mich wälzen muß mein Lebelang, weil meine werte Familie es so verlangt?

Auguste.

Hörst du, Mutter! — Das war ja immer dein Lieb= lingskind.

Robert.

Nein, Mutter, hör nicht! (Neben ihr auf den Knieen.) Ich habe nichts gesagt . . . Wenn ich was sagte, war es Wahnsinn! Mir ist, als löf' ich mich heute los von allem, was menschlich und natürlich ist. Mutter, erbarm dich . . . Du kannst mich und dich retten! Komm mit mir mit! . . .

Frau Heinecke (schluchzend).

Willst du mir in deine blinde Wut nicht auch den Spiegel zerschlagen? —

Robert
(sendet einen irren Blick nach dem Spiegel hin, dann sich erhebend).

Wir reden zwei Sprachen . . . Wir verstehen uns nicht . . .

Michalski
(der leise mit dem Alten verhandelt hat, packt ihn an der Schulter).

Nu haste genug spektakelt . . . Nu mach, daß du 'raus kommst.

Robert (stößt ihn von sich).

Zurück! (Sieht den Alten und die Schwestern, die ihn mit zornigen Rufen umringen, bricht in gellendes Lachen aus.) Ach so, man wirft mich hinaus!

Michalski (öffnet weit die Thür).

Raus!

Dreizehnte Scene.

Die Vorigen. Graf Trast (steht auf der Schwelle).

Trast (Michalski auf die Schulter klopfend).

Danke ergebenst für freundlichen Empfang!

Robert
(ihn erkennend, stößt einen Schrei aus und streckt beide Arme abwehrend gegen ihn aus).

Was willst du hier? ... Hier ist eine Spelunke! ... Weißt du, wer wir sind? ... Wir verkaufen uns! ... Haha ... Sieh mich nicht an ... Das ertrag' ich nicht! (Verbirgt ächzend das Gesicht in den Händen.)

(Alma hat sofort bei Trasts Erscheinen voll Scham das Weite gesucht. Michalski und Auguste schleichen, von ihm fixiert, hinter ihr drein in die Küche.)

Trast.
Ermanne dich! Was ist geschehn?

Heinecke (die Mütze in der Hand).

Er hat sich ungebührlich benommen, Herr Jraf! Erscht hat er uns nach Indien schleppen wollen. Dann sollten wir das Jeld nich nehmen ... Und nu jeh' ich jrad' nach de Kasse. — Volle vierzigdausend Mark, Herr Jraf. Habe die Ehre, Herr Jraf! (Ab nach rechts.)

Vierzehnte Scene.

Traſt. Robert. Frau Heinecke.

Traſt.

So, ſo. Ich verſtehe! (Legt die Hand auf Roberts Achſel.) War etwa Herr Mühlingk hier?

Robert.

Menſch, das lohne dir Gott . . . Den Namen brauchte ich!

Traſt.

Was haſt du vor?

Robert.

Man verlangt Abrechnung von mir. Man ſoll ſie haben. (Eilt nach hinten zum Koffer, den er öffnet, und in dem er fieberhaft zu wühlen beginnt.)

Frau Heinecke (weinend).

Danken Sie Gott, daß Sie unverheiratet ſind, Herr Graf. Es gibt recht undankbare Söhne.

Traſt (für ſich).

Einfalt, du ſprichſt wie eine Mutter . . . (Sich beſinnend.) Pfui, Traſt, das war nicht ſchön.

Frau Heinecke.

Hab' ich nich recht?

Traſt
(ergreift mit ſeinen beiden Händen die ihre).

Eine Mutter hat immer recht. Sie hat zu viel ge= litten und geliebt, als daß es anders ſein könnte. (Nimmt ihre Hand.)

Frau Heinecke.

Aber, Herr Graf, mir einfache Frau jeben Sie die Hand?

Trast.

Ich hab' mich an den Müttern versündigt und muß ihnen Abbitte thun. Nicht zum mindesten der meinigen. Es gibt nämlich noch schlechtere Söhne als der dort, liebe Frau.

Robert

(hat eine Mappe hervorgesucht, durchblättert und zur Seite gelegt. — Dann nach nochmaligem Suchen holt er einen Revolver hervor, den er prüft).

Trast (beiseite).

Ah, mit dem Revolver! Auf die Art will er Abrechnung halten!

Robert

(der sieht, daß er beobachtet wird, verbirgt den Revolver in der Brusttasche, greift nach seinem Hute und kommt mit der Mappe nach vorne.)

So, jetzt bin ich fertig!

Trast.

Ich begleite dich.

Robert.

Du?

Trast.

Hab' ich nicht das Recht dazu?

Robert (zögernd).

Gut — komm!

Frau Heinecke (zärtlich — unter Thränen).

Robert!

Robert

(der versucht, seine Erregung niederzukämpfen).

Ich — komme — noch — Abschied nehmen, Mutter! Jetzt hab' ich Nötigeres zu thun! (Geht zur Thür.)

Frau Heinecke (zu Trast, die Hände ringend).

Herr Kurt und er, das gibt gewiß ein Unglück!

Trast (halblaut zurück).

Stille! Stille! — — Nun, — gehn wir?

Robert
(zur Mutter in großer Erregung und mit hervorbrechender Zärtlichkeit).

Und wenn wir uns — — nicht mehr (sich fassend, zu
Trast) — Gut — gehn wir! (Die beiden zur Thür.)

(Der Vorhang fällt.)

Vierter Akt.

(Scenerie des zweiten Aktes.)

Erste Scene.

Trast. Robert (mit der Mappe unter dem Arm). Wilhelm.

Wilhelm (leise zu Trast).

Ich habe strengen Befehl, Herrn Heinecke nie wieder vorzulassen.

Trast.

Mich auch nicht?

Wilhelm.

O, mit dem Herrn Grafen ist das ganz was anders.

Trast.

Danke für gütiges Vertrauen. Herr Heinecke ist in meiner Begleitung. Ich übernehme die Verantwortung. Wir werden den Herrn Kommerzienrat erwarten —

Wilhelm.

Aber —

Trast.

Was ziehn Sie vor, Courant oder Papier? (Indem er nach einem Scheine sucht.) Ist denn das ganze Haus leer?

Wilhelm.

Herr Kommerzienrat ging nach der Fabrik hinüber, gnädige Frau haben Migräne, gnädiges Fräulein fuhr nach der Stadt — Herr Kurt auch.

Traſt.

Zuſammen?

Wilhelm.

O, die fahren nie zuſammen. — Herr Kurt wollte
die Einladungen abbeſtellen — von wegen — (winkt nach
Robert hinüber).

Traſt (gibt ihm Geld).

Es iſt gut . . . Ab!

Wilhelm.

Wie befehlen?

Traſt.

Ab!

(Wilhelm mit Verbeugung ab.)

Zweite Scene.

Traſt. Robert.

Traſt.

Komm mal her, mein Junge!

Robert.

Was willſt du?

Traſt.

Ich? Du weißt ja, ich will nie was. Ich laſſe mich
von den Ereigniſſen ſchaukeln. Aber die Frage iſt: Was
willſt du hier — an dieſem Platze?

Robert.

Ich will Abrechnung halten.

Traſt.

Natürlich . . . Das wiſſen wir . . . Da du aber auf
den großmütigen Händedruck, der einem braven Arbeiter
in ſolchen erhebenden Momenten zu teil wird, ſo wie ſo
verzichten willſt, ſo ſeh' ich nicht ein, warum du die
Bücher nicht einfach aufs Comptoir ſchickſt — und baſta.

Robert.

Freilich, das wäre sehr einfach.

Trast.

Lieber Mensch, laß mich noch einmal als Freund mit dir reden.

Robert.

Rede nur, rede.

Trast.

Du bist auf der Jagd hinter einem Phantom!

Robert.

So?

Trast.

Deine Ehre hat niemand angetastet.

Robert.

So?

Trast.

Weil niemand auf der Welt dazu im stande ist.

Robert.

So, so!

Trast.

Das, was du deine Ehre nennst, dieses Gemisch aus — Scham, aus — Taktgefühl, aus — Rechtlichkeit und Stolz, das, was du dir durch ein Leben voll guter Gesittung und strenger Pflichttreue anerzogen hast, kann dir durch eine Bubenthat ebensowenig genommen werden, wie etwa deine Herzensgüte oder deine Urteilskraft. Entweder sie ist ein Stück von dir selbst, oder sie ist gar nicht ... Mit jener Sorte von Ehre, die schon der lässig geworfene Handschuh irgend eines fashionablen Rowdys zu zerschmettern vermag, hast du nichts gemein ... die ist gerade gut als Spiegel für die Laffen, als Spielzeug für die Müßiggänger und als Parfüm für die Anrüchigen.

Robert.

Du sprichst wie einer, der aus der Not eine Tugend macht.

Trast.

Sehr möglich ... denn jede Tugend ist von der Not geschaffen worden.

Robert.

Und meine Familie?

Trast.

Ich denke, du hast keine mehr?

Robert

(von Schmerz überwältigt, birgt das Gesicht in den Händen).

Trast.

Ich versteh' dich wohl ... Das ist das Zucken des Nervenstrangs, dessen Zubehör man amputierte ... Laß dich nicht beirren ... Wenn auch die Zehe noch weh thut, das Bein ist weg.

Robert.

Du hast nie eine Schwester gehabt!

Trast.

.... Sag mal, muß ich, der Aristokrat, dich, den Plebejer, Duldung gegen die Niederen lehren? Mein Lieber, verachte die Deinen nicht. Sage nicht, daß sie schlechter sind, als du und ich ... Sie sind anders, weiter nichts ... In ihren Herzen wohnt ein Empfinden, das dir fremd ist, in ihren Köpfen malt sich ein Welt=bild, das du nicht verstehst. Sie darum verurteilen, wäre vorwitzig und beschränkt ... Und damit du's endlich weißt, mein Sohn, in dem Kampfe gegen die Deinen bist du von Anfang bis zu Ende im Unrecht gewesen.

Robert.

Trast, das sagst du?

Traft.

Ich erlaube mir ... Du kommst aus fremden Ländern, wo du dich im Verkehr mit Gentlemen neunmal gehäutet hast, und verlangst von den Deinen, daß sie bir zu Liebe von heut auf morgen einfach aus der Haut fahren sollen, die ihnen von Anbeginn glatt und schlank auf dem Leibe gesessen hat ... Das ist unbescheiden, mein Junge ... Und deiner Schwester ist vom Hause Mühlingk thatsächlich die Ehre wiedergegeben worden, die Ehre nämlich, die sie gebrauchen kann. — Denn jedes Ding auf Erden hat seinen Tauschwert ... Die Ehre des Vorderhauses wird vielleicht mit Blut bezahlt — vielleicht, sage ich, — die Ehre des Hinterhauses ist schon mit einem kleinen Kapital in integrum restituiert. (Da Robert zornig gegen ihn auffährt) Iß mich nicht auf ... Ich bin noch nicht fertig ... Welchen andern Sinn hätte die Jungfrauenehre, um die es sich hier handelt, als dem künftigen Gatten eine gewisse Mitgift von Herzensreinheit, von Wahrhaftigkeit und Neigung zu verbürgen? Denn nur zum Zwecke der Heirat ist sie da ... Nun frage gefälligst in der Sphäre nach, der du entstammst, ob deine Schwester mit dem Kapital, das ihr heut' in den Schoß fiel, nicht eine weit begehrenswertere Partie geworden ist, als sie jemals gewesen.

Robert.
Traft, du bist roh, du bist grausam.

Traft.
Roh, wie die Natur, grausam, wie die Wahrheit. Nur die Trägen und die Feigen bauen à tout prix Idyllen um sich herum. Du aber hast mit all dem nichts mehr zu thun, drum gib mir die Hand, schüttle den Staub der Heimat von deinen Füßen und sieh dich nicht mehr um.

Robert.
Erst muß ich persönlich meine Genugthuung haben.

Traft.
Du willst dich also partout mit ihm schlagen?

Robert.

Ich hatte darauf verzichtet — aber jetzt, jetzt will ich.

Trast.

Sei doch nicht so altmodisch!

Robert.

Altmodisch — mag sein ... Vielleicht gerade, weil ich als Plebejer zur Welt gekommen bin und mir die Ehr= begriffe äußerlich aufgeimpft wurden, hab' ich nicht die Kraft, mich zu der Höhe deiner Anschauungen empor= zuschwingen. Laß mich also an meiner Beschränktheit zu Grunde gehn.

Trast.

Wenn er nun aber nicht will?

Robert.

Ich werd' ihn zu zwingen wissen.

Trast.

Aha! (Für sich.) Dazu der Revolver! ... Noch eins, mein Junge. Wenn du durchaus willst, daß Herr Kurt dir eine Kugel auf den Pelz brennen soll, so muß ihm doch erst jeder Vorwand genommen sein, dich zu refüsieren.

Robert.

Mein Gott ja — du hast recht.

Trast (seine Brusttasche ziehend).

Genierst du dich etwa?

Robert.

Nein, du hast zu viel für mich gethan, als daß ich's dürfte —

Trast (ihm einen Check ausstellend).

Da!

Robert.

Und wenn ich das da niemals abarbeiten kann?

Trast.

So schreib' ich's in den großen Schornstein, in welchem das Conto der Freundschaft geführt wird! (Seinen Kopf streichelnd.) Na, es wird so schlimm nicht sein! Hm — mein Junge — eins, was du ganz vergessen hast.

Robert.

Wie?

Trast.

Lenore!

Robert (zusammenzuckend).

Sprich mir nicht von ihr.

Trast.

Du liebst sie.

Robert.

Ah — ich antworte dir nicht!

Trast.

Soll sie an dich vielleicht als an den Mörder ihres Bruders denken?

Robert.

Besser, als daß sie an einen Ehrlosen denkt!

Trast (sich hoch aufrichtend).

Bin ich nicht auch ein sogenannter Ehrloser? Und hast du mich nicht als wackern Kerl gekannt? Und trag' ich nicht den Kopf so hoch wie irgend einer auf der Welt? Schäm dich!

Robert (nach einem Schweigen).

Trast — vergib mir.

Trast.

Vergeben — Unsinn! Ich habe dich lieb — basta.

Robert.

Traſt — ich werde — mich nicht — ſchlagen.

Traſt.

Wort?

Robert.

Wort!

Traſt.

So komm!

Robert.

Wohin?

Traſt.

Was weiß ich! In die Welt!

Robert.

Verzeih. Soll ich es mir verſagen, dem gütigen Geber ſein Geld vor die Füße zu werfen?

Dritte Scene.

Wilhelm (tritt ein).

Wilhelm.

Der Herr Kommerzienrat iſt ſoeben in das Comptoir gegangen.

Traſt (beiſeite).

Kurt nicht daheim ... Das trifft ſich gut.

Robert (nach der Mappe greifend).

Ich geh' hinüber.

Traſt.

Gut. Erwarte mich dann.

Robert.

Was willſt du hier noch?

Traſt.

Laß das meine Sorge fein. Komm mal her! (Leiſe.)
Eh' du gehſt, gib mir doch beinen Revolver!

Robert (erſchroden).

Wie, du weißt?

Traſt.

Er zeichnet ſich deutlich genug auf beiner Bruſt=
taſche ab.

Robert.

Ich bitte dich — laß ihn mir! — Ober biſt du
mißtrauiſch?

Traſt.

Ich fürchte, mein Pepe ſpukt bir im Kopf. —

Robert.

Soll ein Ehrenwort zwiſchen uns Ehrloſen keine
Geltung haben?

Traſt.

Gut — behalte ihn.

(Robert und Wilhelm ab.)

Traſt (allein, will ihm erſt nach, hält aber inne)..

Es war doch vielleicht unvorſichtig! — Falls der
Bengel heimkommt, fang' ich ihn ab und halt' ihn zurüd.
— Aber jetzt handelt es ſich um anderes. — Iſt dieſes
Mädchen hier das, wofür ich ſie taxier' — — —

Vierte Scene.

Traſt. Lenore.
(Lenore im Winterkoſtüm, Hut, Mantel, Muff, von rechts.)

Traſt.

Ah — das nenn' ich Glück haben!

Lenore (ihm die Hand reichend, erregt).

Herr Graf, wissen Sie, woher ich komme? Von
Ihnen ... (Wirft ihre Sachen ab.) Sie entsetzen sich über
meine Kühnheit. Aber nur von Ihnen kann ich erfahren,
was hier vorgeht. — Daß mein Bruder auf dem Wege
war, jenes junge Wesen ins Unglück zu stürzen, fürchtete
und argwöhnte ich ... hat Ihr Freund das erfahren?

Trast.

Wenn es nichts weiter wäre!

Lenore.

Was wär' es sonst?

Trast.

Ich gestehe, ich finde die Worte nicht, um einer
jungen Dame —

Lenore.

Reden Sie nur!

Trast.

Nun denn. Die Ihrigen haben es für nötig er-
achtet, jene armen Leute ihre Schande vergessen zu machen,
und sie packten sie da, wo sie am leichtesten zu packen
waren, bei ihrer — Armut.

Lenore.

Versteh' ich Sie recht? Man hat meinen Bruder
von jenem Mädchen losge — kauft? (Trast bejaht.) O
mein Gott!

Trast.

Es versteht sich von selbst, daß ich mich jeder Kritik
enthalte. Zudem ist das Mittel, dessen man sich bediente,
das landläufige, um dergleichen Verbindungen aus der
Welt zu schaffen. Aber ich fürchte für unsern Freund!

Lenore (das Gesicht in den Händen).

Wie kann ich das je an ihm gut machen!

Traft.

Fühlen Sie die Verpflichtung dazu?

Lenore.

Ob ich sie fühle! Mein ganzes Wesen bäumt sich gegen die abscheuliche Praxis auf, die in meinem Eltern=hause herrscht. — Bezahlen — immer bezahlen — Ehre, Recht, Liebe — alles bezahlen! — Wir können's! Wir haben's ja dazu! ... (Wirft sich in den Seffel, dann auffspringend.) Vergeben Sie — ich bin außer mir ... Ich spreche von den Meinen, als ob sie Fremde wären.

Traft.

Vielleicht sind Sie ihnen fremder, als Sie selbst ahnen!

Lenore (bestürzt).

Ah, wenn Sie recht hätten! — (Da er hinaushorcht.) Was haben Sie da?

Traft.

War das nicht die Stimme Ihres Bruders?

Lenore (an der Thür).

Ja, er ist es — mit ein paar Freunden.

Traft (für sich).

Ich hätt' ihm die Waffe nicht lassen sollen! (Laut, nach seinem Hute langend.) Geht er ins Comptoir?

Lenore.

Nein, man scheint eintreten zu wollen!

Traft (den Hut wieder hinlegend).

Gut, so erwart' ich ihn. — Mein Fräulein, eine Bitte! ... Mein Freund verläßt heute mit mir dieses Haus, morgen die Stadt und, ich hoffe, bald auch Europa.

Lenore (für sich).

O, mein Gott!

Trast.

Aber heute möchte ich ein Zusammentreffen zwischen ihm und Ihrem Herrn Bruder vermieden wissen. — Sollt' es doch dazu kommen, ohne daß ich dazwischentreten kann, so bitte, seien Sie in der Nähe!

Lenore

(bejaht eifrig — Stimmen vor der Thür — sie eilt nach links sich noch einmal umwendend).

Was soll ich thun, Herr Graf?

Trast.

Sich selber treu bleiben.

Lenore.

Das will ich! (Ab.)

Trast.

Jetzt — der Bruder!

Fünfte Scene.

Kurt. Lothar. Hugo. Trast.

Kurt (befremdet).

Herr Graf?

Lothar (leise).

Wie gut, daß wir mitkamen!

Trast.

Ich bitte um eine Unterredung, Herr Mühlingk.

Kurt.

Meine Zeit ist leider kurz gemessen, Herr Graf, mein Vater erwartet mich.

Trast (beiseite).

Oho! (Laut.) Es handelt sich um eine Bitte!

Kurt.

Ich habe keine Geheimnisse vor meinen Freunden,
Herr Graf! (Setzen sich.)

Trast.

Jemand, der mir befreundet ist, ist von Ihnen an
seiner Ehre schwer gekränkt worden. — Auf meinen Rat
und mir zuliebe verzichtet er darauf, eine Genugthuung
von Ihnen zu fordern.

Kurt.

Sie irren, Herr Graf, Herr Heinecke hat seine Genugthuung erhalten.

Lothar.

Eine andre wären wir nicht in der Lage gewesen,
ihm zukommen zu lassen.

Trast (sieht ihn von oben bis unten an).

Lassen wir diese Frage fallen, Herr Mühlingk. Mein
Freund befindet sich in diesem Augenblicke, wie ich vermute, bei Ihrem Herrn Vater, weil er darauf bestand,
seine Abrechnung mit Ihrem Hause persönlich ins reine
zu bringen.

Kurt.

Wenn ihm das Vergnügen macht!

Trast.

Er suchte bei dieser Gelegenheit auch eine Unterredung
mit Ihnen!

Kurt.

Die kann er haben, Herr Graf!

Trast.

In einer Stunde wird mein Freund dieses Etablisse-
ment verlassen haben ... In Anbetracht der begreiflichen
Erregung, in der er sich befindet, wäre es zweckmäßig
für beide Teile, wenn während dieser Zeit ein Begegnen
zwischen Ihnen vermieden würde.

Lothar.

Herr Graf, ein Appell an die Feigheit hat in deutschen Herzen noch nie einen Wiederhall gefunden.

Trast (ruhig).

Herr Lieutenant, ich habe mir nicht erlaubt, das Wort an Sie zu richten. — Herr Mühling! überlegen wir genau. Sie sprechen zu jemandem, dem in diesem Augenblicke Ihr Wohl — nicht aus Sympathie, wie ich freimütig bekenne — von hohem Werte ist ... Ich darf darum wie ein Freund zu Ihnen sprechen. Lassen Sie sich von diesen Herren nicht einschüchtern —

Hugo.

Nein, laß dich von uns nicht einschüchtern!

Trast.

Und geben Sie dem Gefühle Raum, das Ihnen sagt: Ich darf auf das Unrecht nicht trotzen, das ich jenem Manne angethan habe. Sie schweigen. Nicht wahr — Sie erfüllen meine Bitte?

Lothar (hinter ihm, leise).

Nun aber korrekt!

Kurt.

Ich schweige, Herr Graf, weil ich nach Worten suche, um Ihnen mein Erstaunen über Ihr seltsames Auftreten gebührend zu kennzeichnen.

(Alle stehen auf.)

Lothar (hinter ihm, leise).

Ganz gut! Ganz gut!

Kurt.

Und ich frage hiermit, was berechtigt Sie, in meinem Hause eine solche Forderung an mich zu stellen?

Trast.

Eine Forderung, die Sie ablehnen?

Kurt.

Zweifeln Sie daran, Herr Graf?

Lothar (leise).

Etwas schneidiger — schneidiger.

Trast (beiseite).

Also ein Gewaltsmittel! (Laut.) Ja, ich zweifelte daran, denn ich hegte noch eine leise Hoffnung, es mit einem Ehrenmanne zu thun zu haben ... Pardon — ich täuschte mich.

Kurt.

Herr — das ist — --

Trast.

Eine Beschimpfung — jawohl!

Kurt.

Für die Sie mir Rechenschaft geben werden!

Trast.

Ich verlange nichts Besseres.

Kurt.

Sie werden morgen von mir hören!

Trast.

Morgen? Schläft man bei Ihnen mit — dergleichen? Ich bin gewohnt, einen Schimpf auf der Stelle zu sühnen.

Kurt (würgend).

Auch das!

Trast (beiseite).

Gott sei Dank! (Laut.) Gehn wir also!

Lothar (dazwischentretend).

Immer korrekt, lieber Kurt! Du als Kontrahierender hast mit dem Herrn nichts mehr zu verhandeln! (Scharf.) Erstens, Herr Graf, verlangt der Ehrenkodex, daß der Forderer sowohl wie der Geforderte vierundzwanzig Stunden Frist erhält, um seine Angelegenheiten zu ordnen. — Wir — mein Mandant und ich — würden von diesem Rechte Gebrauch machen, wenn wir nicht — und nun komme ich zum zweiten Punkte — auf das Vergnügen verzichten müßten, so etwas wie eine Genugthuung zu verlangen, denn Sie, geehrter Herr, haben uns nicht beleidigt ...

Trast.

Ah!

Lothar.

Sie gehören nicht zu denjenigen, die uns beleidigen können.

Trast (belustigt).

So, so!

Lothar.

Erinnern Sie sich gefälligst, daß der Graf von Trast=Saarberg am 25. Juni 1864 — wie ich nunmehr aus den Registern ersehen habe — wegen nicht bezahlter Spielschulden mit schlichtem Abschied entlassen wurde. — Und hiermit — (verneigt sich nachlässig) Herr Graf! — —

Trast (bricht in ein helles Gelächter aus).

Meine Herren, ich danke Ihnen herzlich für die empfangene Lektion ... Ich habe sie vollauf verdient ... denn das größte Verbrechen auf Erden ist die Inkon=sequenz ... Und vor allem lern' ich eins. Man mag sich über die moderne Ehre noch so erhaben wissen, man muß ihr Sklave bleiben, und sei's allein, um einem armen Teufel von Freund aus der Patsche zu helfen. — Meine Herren, ich habe die Ehre! ... Pardon, ich habe sie nicht! ... Sie sprechen sie mir ab ... So bleibt mir also nur das ganz gemeine Vergnügen, mich Ihnen zu empfehlen — doch das ist um so größer. (Verbeugt sich lachend - - ab.)

Sechste Scene.

Kurt. Lothar. Hugo.

Hugo.

Nun sitzen wir da mit unsrer Ehre und sind wieder die Blamierten.

Lothar.

Wir benahmen uns ganz korrekt.

Hugo.

Aber, Lothar, der Kaffee, der Kaffee!

Lothar.

Man muß sich seine Ehre etwas kosten lassen, mein Lieber. Es freut mich, daß ich dir diesen Dienst habe leisten können, lieber Kurt ... Was hättest du ohne mich wohl angefangen? — Auf heute abend also!

Kurt.

Wollt ihr schon nach der Stadt zurück?

Lothar.

Jawohl.

Kurt.

Ich begleite euch.

Lothar.

O! Das sähe ja aus, als wolltest du dem saubern Herrn Bruder aus dem Wege gehen!

Kurt.

Was fällt dir ein?

Lothar.

Soll sich der Graf ins Fäustchen lachen? — Jetzt
ist es sogar deine Pflicht, eine Begegnung herbeizuführen.

Kurt.

Das nun wohl nicht.

Lothar.

Deine Pflicht, sage ich, falls du nicht das Odium
eines Feiglings auf dich nehmen willst.

Siebente Scene.

Mühlingk (mit Pelz und Hut von hinten. Hinter ihm) **Wilhelm.**

Mühlingk (Wilhelm den Pelz zuwerfend).

Was fällt dem Menschen ein, mich in meinem Comptoir
zu belagern? — Guten Tag, meine Herren ... Lassen
Sie ihm die Bücher abfordern und sagen Sie ihm, er soll
sich zum Teufel scheren! ... (Wilhelm ab.) Kurt, warum
weichst du mir aus? ... Wir haben ein Hühnchen zu
pflücken, das weißt du doch?

Kurt (leise zu den Freunden).

Jetzt krieg' ich meine Pauke ... Rettet euch!

Hugo.

Herr Kommerzienrat — unsre Zeit ist leider —

Mühlingk.

Abieu, meine Herren, bedaure unendlich — abieu!

Lothar (leise).

Du wirst uns von der Begegnung erzählen.

(Lothar und Hugo ab.)

Achte Scene.

Mühlingk. Kurt.

Mühlingk.

Ich habe diesmal die Angelegenheit noch glücklich ins reine gebracht. — Mit welchen Opfern, weiß der Himmel! Ich werde damit dein Conto belasten. — Nun zu der moralischen Seite der Sache!

Neunte Scene.

Die Vorigen. Frau Mühlingk (von hinten. — Später) Lenore (von links).

Kurt (für sich).

Da kommt auch noch die Alte ... Das kann schön werden.

Frau Mühlingk.

O Kurt, Kurt!

Kurt.

Ja, Mama!

Frau Mühlingk (setzt sich).

Du hast deinen Eltern viel Kummer bereitet, mein Sohn. Daß dein alter Vater gezwungen war, mit solchem Gesindel zu unterhandeln, (Lenore von links) wie ist das schmutzig, wie ist das erniedrigend für uns! (Zu Lenoren.) Was willst du hier?

Lenore.

Ich muß mit euch sprechen.

Mühlingk.

Wir haben jetzt keine Zeit. — Geh auf dein Zimmer.

Lenore.

Nein, Papa. Ich kann die Rolle der schweigenden Haustochter in diesem Falle nicht spielen. — Bin ich ein

Mitglied der Familie, so will ich auch zu Rate gezogen werden.

Mühlingk.

Was bedeutet diese Feierlichkeit?

Lenore.

In unserm Hause hat sich heut ein unglückseliger Vorfall abgespielt.

Mühlingk.

Daß ich nicht wüßte! —

Lenore.

Ihr braucht mir nichts zu verheimlichen. Es schickte sich wohl nach den Gesetzen der Heuchelei, die man uns sogenannten jungen Mädchen auferlegt, daß ich die Augen niederschlage und die Nichtsverstehende spiele. Aber das geht in diesem Falle nicht an. Ich habe alles erfahren.

Frau Mühlingk.

Und du schämst dich nicht?...

Lenore (bitter).

Ja, ich schäme mich.

Mühlingk.

Weißt du, mit wem du sprichst? Du bist von Sinnen.

Lenore.

Hab' ich mich im Ton vergriffen, so vergebt mir. Ich will euch ja weich stimmen und nicht erzürnen ... Vielleicht bin ich wirklich eine schlechte Tochter gewesen ... Vielleicht hab' ich wirklich nicht das Recht, einen eigenen Gedanken zu fassen, solang' ich nicht das eigene Brot esse ... Wenn es so ist, versucht mir zu vergeben ... Ich will tausendfach wieder gut machen. — Aber habt Einsicht, gebt ihm seine Ehre wieder.

Mühlingk.

Ich will dich gar nicht einmal fragen: was geht dich der Mensch eigentlich an? Aber sag mal — was verstehst du darunter: die Ehre wiedergeben?

Lenore.

Mein Gott, wenigstens den guten Willen müßt ihr haben, wieder gut zu machen, dann werden wir Mittel und Wege schon finden.

Mühlingk.

Meinst du? Setze dich 'mal nieder, mein Kind. — Ich will meiner Gewohnheit gemäß auch diesmal Milde walten lassen und dich mit Gründen zur Vernunft zu bringen suchen, wiewohl ein strenger Verweis vielleicht mehr am Platze wäre ... Sieh dir einmal diesen grauen Kopf an. Darauf hat sich viel Ehre zusammengehäuft, und doch habe ich mich mit dem sogenannten Ehrgefühl niemals abgegeben! ... Ach, was muß man alles im Leben einstecken und darf nicht „Hum" sagen, wenn man in die Höhe kommen will. Da ist nun ein junger Mensch, dem ich, wie du sagst, die Ehre genommen habe. Nehmen wir an, du hättest recht ... Ich beklage tief den Leichtsinn deines Bruders ... Aber, wer heißt den jungen Menschen eine Ehre haben? Wo hat er sie her? Etwa aus seiner Familie? Oder aus meinem Geschäft? ... Meine Commis sind keine Malteserritter ... Gut, du sagst, er hatte sie ... und ich soll sie ihm wiedergeben ... Wodurch? Etwa dadurch, daß ich das Mädchen zu meiner Schwiegertochter mache?

Frau Mühlingk.

Ich muß dich bitten, Theodor, auch im Scherze solche Dinge nicht in den Mund zu nehmen ...

Mühlingk.

Dadurch würde ich mich und mein Haus ins Unglück stürzen. Dieser junge Mann hat's dagegen in seiner Hand, sich über die Geschichte hinwegzusetzen. Thut er's nicht und tritt die Frage an mich heran: Wer soll unglücklich werden, wir oder er? so antwort' ich: Er soll unglücklich werden, ich spüre keine Lust dazu. — So habe ich's mein Lebtag gehalten, und ein jeder kennt mich als Ehrenmann.

Lenore (aufstehend).

Vater, ist das dein letztes Wort?

Mühlingk.

Mein letztes Wort. Jetzt komm, gib mir einen Kuß und bitte deine Mutter um Verzeihung.

Lenore (weicht schaudernd zurück).

Laß mich. Ich kann dich nicht belügen.

Mühlingk.

Was heißt das?

Lenore.

Vater, ich fühle, daß ich in allem unrecht habe, ich fühle, daß ich Unmögliches von euch verlange. Ich müßte die Welt ganz anders kennen, um dir gewachsen zu sein — aber — (hält plötzlich inne und lauscht hinaus — Stimmen auf dem Korridor).

Mühlingk.

Aber? —

Lenore (für sich).

Da ist er! — Aber — — — o ich kann nicht mehr.

Zehnte Scene.

Die Vorigen. Wilhelm.

Wilhelm.

Der junge Herr Heinecke aus dem Hinterhause ist wieder da. (Kurt erschrickt.)

Mühlingk.

Haben Sie nicht bestellt, was ich ihm sagen ließ?

Wilhelm.

Jawohl, Herr Kommerzienrat, aber er ist mir vom Comptoir hierher gefolgt.

Mühlingk.

Das ist ja eine unerhörte Dreistigkeit ... Wenn er nicht auf der Stelle —

Kurt.

Verzeih, Papa. — Vielleicht will er sich nur bedanken ... Ich glaub', er hat alle Ursache dazu.

Mühlingk.

Solches Volk bedankt sich nie.

Kurt.

Er hat ja wohl auch Geldbeträge abzuliefern?

Mühlingk.

Natürlich.

Kurt.

Am Ende hapert hinterher was — und dann ist er über alle Berge.

Mühlingk.

Meinetwegen also — er soll nur kommen.

(Wilhelm ab.)

Frau Mühlingk.

Wir ziehen uns zurück, Lenore!

Lenore (rasch, gedämpft).

Kurt!

Kurt.

Beliebt!

Lenore.

Nimm dich in acht!

Kurt
(der seine Aengstlichkeit zu verstecken sucht).

Pah!

(Frau Mühlingk und Lenore ab.)

Mühlingk.

Setze dich. — Das macht sich besser.

Elfte Scene.
Kurt. Mühlingk. Robert.
(Robert scheinbar ganz ruhig, in gemessen dienstlicher Haltung, die Mappe unter dem Arm.)

Mühlingk.

Sie waren etwas dringlich, lieber Herr ... Nun, ich table Pflichteifer nie, am allerwenigsten, wenn er noch in der letzten Minute eines Dienstverhältnisses vorhält ... Setzen Sie sich nur.

Robert.

Wenn Sie gestatten, so bleib' ich stehen! ...

Mühlingk.

Ganz, wie Sie wollen ... Von meinem Neffen ist mir schon gestern berichtet worden. — Es geht ihm gut ... er amüsiert sich ... ein wenig zu sehr, wie Graf Trast mir sagte ... Nun, das Kavaliertum liegt den Herren aus guter Familie im Blute ... Sie haben die Jahres= abschlüsse hoffentlich schon mitgebracht?

Robert.

Jawohl. —

Mühlingk.

Und?

Robert
(sucht in der Mappe und reicht ihm ein Blatt über den Tisch).

Ich bitte.

Kurt
(der den Unbefangenen spielt).

Darf ich mit hineinsehen, Papa?

Mühlingk.

Ja, ja. — Oder vielleicht haben Sie eine Kopie bei sich.

Robert.

Jawohl.

Mühlingk.

Bitte, geben Sie sie meinem Sohne.

(Kurt geht ihm entgegen. Die beiden stehen sich einen Augenblick gegenüber und messen sich mit den Augen.)

Mühlingk.

Soviel ich auf den ersten Blick sehe, macht sich das ganz nett. Der Reingewinn beträgt — —

Robert (in die Mappe sehend).

116227 Gulden.

Mühlingk.

Der holländische Gulden zu 1 Mark 70 macht ... Kurt, rechne mit.

Robert.

197585 Mark.

Mühlingk.

8—1—3—5—8. Ganz recht ... 197585 Mark und 90 Pfennig. Kurt, du rechnest ja nicht mit?

Kurt.

Und 90 Pfennige. Jawohl, Papa.

Mühlingk.

Hm ... Und beim Kaffee ein so winziger Ertrag. Was bedeutet das?

Robert (ihm ein Blatt überreichend).

Hier das Spezialconto. Ich war in der Lage, die Kaffeekrisis, die durch die brasilianische Konkurrenz hervor=

gerufen worden ist, vorherſehen zu können, und habe in-
folgedeſſen fünf Sechſtel des Areals mit Thee bebaut.

Mühlingk.

Sie?

Robert.

Ja, Herr Kommerzienrat, ich!

Kurt.

Merkwürdig.

Mühlingk.

Und wie ſteht die Chinarinde?

Robert.

Hier das Conto (reicht ihm wiederum ein Blatt).

Mühlingk.

Auch nicht hervorragend. Wo liegt alſo die Unter-
lage der günſtigen Bilanz?

Robert.

Als gewinnbringend haben ſich erwieſen die Verſuche
mit Sumatratabak (reicht ein Blatt hinüber) und vor allem
der Uebergang zur Theekultur.

Mühlingk.

Sie haben dieſes Wageſtück nach eigenem Gutdünken
unternommen?

Robert.

Nicht ſo ganz. Ich folgte einem Winke, den mir
mein Freund, Graf Traſt, gegeben hatte.

Mühlingk.

Und mein Neffe hat dieſe Operation gebilligt?

Robert.

Nachträglich — gewiß.

Mühlingk.

Du haſt recht, lieber Kurt, — das iſt ſehr merk=
würdig.

Robert.

Haben die Herren noch andre Fragen an mich zu
richten?

Mühlingk.

Nach der Art und Weiſe, wie Sie ſich hier benehmen,
ſcheint es, oder ſoll es ſcheinen, als ob Sie auf Java die
Geſchäfte meines Hauſes ſelbſtändig geführt haben. Wie
verhält ſich das?

Robert.

Da ich Prokura hatte, Herr Kommerzienrat —

Mühlingk.

Und wo war mein Neffe unterdeſſen?

Robert.

Auf dieſe Frage in ihrer Allgemeinheit weiß ich nichts
zu antworten, Herr Kommerzienrat.

Mühlingk.

Kam mein Neffe denn nicht täglich aufs Comptoir?

Robert.

Nein, Herr Kommerzienrat.

Mühlingk (immer erregter).

Wann kam er alſo?

Robert.

Wenn die Hamburger Poſt fällig war und wenn er
Geld erhob.

Kurt.

Wollen Sie damit ſagen, daß mein Vetter ſeine
Pflichten vernachläſſigte?

Robert.

Ich will nichts damit ſagen, als was ich geſagt habe.

Mühlingk.

So erklären Sie mir gefälligst —

Robert.

Ueber das Privatleben meines bisherigen Vorgesetzten Auskunft zu erteilen, fühl' ich mich nicht berufen.

Kurt.

Aber, ihn anzuschwärzen, dazu fühlen Sie sich berufen?

Robert
(will gegen ihn auffahren, bezwingt sich aber).

Wünschen die Herren noch weitere Fragen an mich zu richten?

Mühlingk.

Was haben Sie an Geldern mitgebracht?

Robert.

Ich habe Wechsel auf verschiedene Banken im Betrage von 95000 Gulden. Hier sind sie.

Mühlingk.

Kurt — prüfe das ...
(Die beiden stehen sich wiederum gegenüber. — Stummes Spiel. Kurt nimmt die Wechsel aus Roberts Hand und sieht sie durch.)

Robert.

Sind Sie nun fertig, Herr Kommerzienrat?

Mühlingk.

Warten Sie ein wenig. (Pause.)

Kurt.

Es stimmt.

Mühlingk.

Also, mein lieber Herr — Heinecke, ich wünsche Ihnen viel Glück für Ihren ferneren Lebensweg ... Bleiben Sie ein tüchtiger Mensch und vergessen Sie nicht, was Sie meinem Hause schuldig sind.

Robert.

Nein, Herr Kommerzienrat, das vergesse ich nicht. Hier sind 40 000 Mark, die Sie die Güte hatten, meinem Vater zu übergeben.

Mühlingk.

Diese 40 000 Mark waren ein Geschenk und kein Darlehen . . .

Robert.

Trotzdem fühl' ich mich für die Rückerstattung verantwortlich.

Mühlingk.

Sind Sie von Ihrem Vater beauftragt, mir das Geld zurückzugeben?

Robert.

Nein, das bin ich nicht.

Mühlingk.

Das Geld ist also Ihr eignes?

Robert.

Jawohl.

Mühlingk.

So, so.

Kurt.

Findest du es nicht interessant, Papa, daß unser Herr Heinecke Ersparnisse in dieser Höhe hat machen können?

Robert

(besinnt sich eine Weile, faßt die Bedeutung des Wortes, schreit auf und stürzt, den Revolver hervorreißend, auf Kurt los, ihn an der Kehle packend).

Schurke, — widerrufe — widerrufe!

Mühlingk.

Zu Hilfe! Zu Hilfe! —

Zwölfte Scene.

Die Vorigen. Lenore. (Dann) Frau Mühlingk.

Lenore (vorstürzend).

Robert, haben Sie Erbarmen!

Robert
(läßt bei ihrem Anblick den Revolver fallen und taumelt, das Gesicht in den Händen, zurück. Kurt sinkt, nach Luft ringend, auf das Sofa).

Frau Mühlingk (durch die Mittelthür).

Was gibt es? Kurt! (Eilt zu ihm.) Hilfe, Mörder, Mörder! — So klingle doch, Theodor!

Mühlingk.

Stille, stille. Es ist keine Gefahr mehr. — Was wollen Sie noch! Gehn Sie!

Robert.

Als Dieb, nicht wahr? (Bewegung Lenorens.) Ja, Lenore, damit Sie's wissen: Ersparnisse hab' ich gemacht! Ein Dieb bin ich!

Lenore.

Vater! Um Gottes willen — was habt ihr gethan?

Robert.

Gut. Dies ist der Tag der Abrechnung. Machen wir also das Conto klar ... Das Conto zwischen den Vorder= und den Hinterhäusern. Wir arbeiten für euch ... wir geben unsern Schweiß und unser Herzblut für euch hin ... Derweilen verführt ihr unsre Schwestern und unsre Töchter und bezahlt uns ihre Schande mit dem Gelde, das wir euch verdient haben ... Das nennt ihr Wohlthaten erweisen! — Ich habe mit Nägeln und Zähnen um euern Gewinst gerungen und nach keinem Lohne gefragt. — Ich habe zu euch emporgeschaut, wie man zu Heiligen emporschaut ... Ihr wart mein Glaube und meine Religion ... Und was thatet ihr? — Ihr stahlt mir die Ehre meines Hauses, denn ehrlich war es, wenn's auch euer Hinterhaus war. — Ihr stahlt mir die Herzen der Meinigen, denn ob sie auch schmutzige Bettler sind, lieb hatt' ich sie doch, — ihr stahlt mir das Kissen, auf dem ich mein Haupt niederlegen wollte, um auszuruhn von der Arbeit für euch — ihr stahlt mir den Heimats= boden — ihr stahlt mir die Liebe zu den Menschen und das Vertrauen zu Gott — ihr stahlt mir Frieden, Scham= gefühl und gutes Gewissen — die Sonne vom Himmel habt ihr mir herabgestohlen — ihr seid die Diebe — ihr!

Mühlingk (nach einem Schweigen).

Soll ich Sie durch die Dienerschaft vor die Thüre werfen lassen?

Lenore (tritt dazwischen).

Das wird nicht geschehen, Vater!

Mühlingk.

Was? Du?

Lenore.

Er wird freiwillig und ungekränkt von dannen gehn. Oder, Vater, du läßt mich auch vor die Thüre werfen.

Robert.

Lenore, was wollen Sie thun?

Lenore.

Vater, hast du nicht ein Wort der Abbitte für ihn? Nicht ein einziges Wort?

Mühlingk.

Du bist wahnsinnig!

Robert.

Lassen Sie, Lenore! ... Ich werde mit — Dank= barkeit an Sie denken, solange ich lebe ... Ich laß' in Ihnen das zurück, was man Heimat nennt ... Seien Sie gesegnet für alles ... Und nun leben Sie wohl! ...
(Geht zur Thür.)

Lenore

(mit leidenschaftlichem Aufschrei ihm nachstürzend und ihn um:
klammernd).

Geh nicht! ... Geh nicht! ... Und wenn du gehst,
so nimm mich mit!

Robert.

Lenore!

Mühlingk.

Was be ?

Lenore.

Laß mich nicht allein! Mich friert zwischen diesen
Wänden! ... Du bist meine Heimat auch! ... Du bist
sie immer gewesen! ... Sieh, ich hab' mich dir an den
Hals geworfen! Du kannst mich nicht mehr von dir stoßen!

Mühlingk.

Ach — was für ein Skandal!

Lenore.

Lieber Vater, wir wollen nicht aufeinander wüten.
Ich liebe diesen Mann. Für das, was ihr ihm nahmt,
biet' ich ihm zum Ersatz das an, was ich habe. (Halb zu
Robert.) Ich habe zwar nichts mehr, als mich selbst. —
Will er das — — —

Robert.

Lenore!

Dreizehnte Scene.

Die Vorigen. Trast.

Trast.

Was ist hier vorgegangen?

Lenore (eilt ihm entgegen).

Ich danke Ihnen, mein verehrter Freund, Sie haben
mir den rechten Weg gewiesen. Robert, schaffen wir uns
eine neue Heimat, eine neue Pflicht!

Robert

(mit einem Blick auf Kurt, der wie betäubt dasitzt, in nachklingender Erbitterung).

Und eine neue Ehre! (Er umfängt sie.)

Frau Mühlingk.

Das ist also unser Dank, Theodor?

Lenore.

Vater, Mutter, ich bitt' euch nicht um Verzeihung, denn was ich thue, muß ich thun. Ich fühl's, das kann kein Unrecht sein. Aber ich fleh' euch an: Denkt in Frieden an mich.

Mühlingk.

So? Und du meinst, du wirst dieses Haus verlassen, ohne daß man dir sagt, wer du bist? ... Du — (erhebt wie zum Fluche die Arme).

Trast (tritt neben ihn).

Nicht doch, Herr Kommerzienrat. — Warum wollen Sie sich mit Fluchen strapazieren? (Leiser.) Und übrigens im Vertrauen: Ihre Tochter macht keine so schlechte Partie. Der junge Mann da wird mein Socius und, da ich keine Anverwandten habe, auch mein Erbe!

Mühlingk.

Aber — Herr Graf, — warum haben Sie das nicht — — —

Trast

(rasch drei Schritte zurücktretend, die Hände abwehrend erhoben).

Ihren geehrten Segen erbitte schriftlich! (Folgt den beiden zur Thür.)

(Der Vorhang fällt.)